이한직
선집

이한직
선집

김경수 엮음

현대문학

이한직.

〈한국문학의 재발견-작고문인선집〉을 펴내며

한국현대문학은 지난 백여 년 동안 상당한 문학적 축적을 이루었다. 한국의 근대사는 새로운 문학의 씨가 싹을 틔워 성장하고 좋은 결실을 맺기에는 너무나 가혹한 난세였지만, 한국현대문학은 많은 꽃을 피웠고 괄목할 만한 결실을 축적했다. 뿐만 아니라 스스로의 힘으로 시대정신과 문화의 중심에 서서 한편으로 시대의 어둠에 항거했고 또 한편으로는 시대의 아픔을 위무해왔다.

이제 한국현대문학사는 한눈으로 대중할 수 없는 당당하고 커다란 흐름이 되었다. 백여 년의 세월은 그것을 뒤돌아보는 것조차 점점 어렵게 만들며, 엄청난 양적인 팽창은 보존과 기억의 영역 밖으로 넘쳐나고 있다. 그리하여 문학사의 주류를 형성하는 일부 시인·작가들의 작품을 제외한 나머지 많은 문학적 유산은 자칫 일실의 위험에 처해 있는 것처럼 보인다.

물론 문학사적 선택의 폭은 세월이 흐르면서 점점 좁아질 수밖에 없고, 보편적 의의를 지니지 못한 작품들은 망각의 뒤편으로 사라지는 것이 순리다. 그러나 아주 없어져서는 안 된다. 그것들은 그것들 나름대로 소중한 문학적 유물이다. 그것들은 미래의 새로운 문학의 씨앗을 품고 있을 수도 있고, 새로운 창조의 촉매 기능을 숨기고 있을 수도 있다. 단지 유의미한 과거라는 차원에서 그것들은 잘 정리되고 보존되어야 한다. 월북 작가들의 작품도 마찬가지다. 기존 문학사에서 상대적으로 소외된 작가들을 주목하다보니 자연히 월북 작가들이 다수 포함되었다. 그러나 월북 작가들의 월북 후 작품들은 그것을 산출한 특수한 시대적 상황의 고려 위에서 분별 있게 이해되어야 할 것이다.

이러한 당위적 인식이 2006년 한국문화예술위원회의 문학소위원회에서 정식으로 논의되었다. 그 결과 한국의 문화예술의 바탕을 공고히 하기 위한 공적 작업의 일환으로, 문학사의 변두리에 방치되어 있다시피 한 한국문학의 유산들을 체계적으로 정리, 보존하기로 결정되었다. 그리고 작업의 과정에서 새로운 의미나 새로운 자료가 재발견될 가능성도 예측되었다. 그러나 방대한 문학적 유산을 정리하고 보존하는 것은 시간과 경비와 품이 많이 드는 어려운 일이다. 최초로 이 선집을 구상하고 기획하고 실천에 옮겼던 한국문화예술위원회의 위원들과 담당자들, 그리고 문학적 안목과 학문적 성실성을 갖고 참여해준 연구자들, 또 문학출판의 권위와 경륜을 바탕으로 출판을 맡아준 현대문학사가 있었기에 이 어려운 일이 가능하게 되었다. 이런 사업을 해낼 수 있을 만큼 우리의 문화적 역량이 성장했다는 뿌듯함도 느낀다.

〈한국문학의 재발견─작고문인선집〉은 한국현대문학의 내일을 위해서 한국현대문학의 어제를 잘 보관해둘 수 있는 공간으로서 마련된 것이다. 문인이나 문학연구자들뿐만 아니라 더 많은 사람이 이 공간에서 시대를 달리하며 새로운 의미와 가치를 발견하기를 기대해본다.

2012년 1월

출판위원 김인환, 이숭원, 강진호, 김동식

이한직은 1939년, 약관 19세의 나이로 《문장》을 통해 등단한 시인이다. 그의 시를 추천한 정지용은 그의 시를 "젊고도 슬프고 어리고도 미소할 만한 기지機智를 갖춘" 시라고 평가했는데, 정작 등단 이후의 시작 활동은 그리 활발하지 못했다. 그것은 직접적으로는 그가 시단에 나온 뒤 바로 일본 게이오〔慶應〕 대학으로 유학을 떠났기 때문이었을 테지만, 한편으로는 부친이 일제가 한국을 합병한 이후 중추원 참의와 총독부 학무국장을 역임하는 바람에 당시로서는 일본인들만 다녔던 경성중학京城中學에 진학하게 되어 우리말을 유창하게 구사하는 데에는 어느 정도 한계가 있었기 때문인 것으로 보인다.

식민지 말기 학병으로 징집되었다가 해방을 맞아 고국으로 돌아온 이한직은 이후 박목월, 조지훈, 박두진, 서정주 등과 함께 청년문학가협회의 창립에 가담하면서 다시 비교적 왕성한 시작활동을 시작한다. 하지만 1950년 한국전쟁이 발발하자 공군 소속 창공구락부의 종군문인으로 근무하면서 시작활동에 다시 단절이 생기게 되고, 그 이후에는 시보다는 산문과 평론, 번역 등에 관심을 더 매진하게 된다. 1954년에서 1957년에 걸쳐 그는 시 장르를 넘어서 「리얼리즘의 의의와 그 역사」, 「사실주의의 중요작가군—사실주의문학 해설」, 「문예창작과 단체운동—새 방향을 위하여」 등의 평론을 발표하는가 하면, 영국작가 로렌스의 『사랑스러운 여인』과 하이네의 『젊은 날의 고백』이라는 번역서를 출간하는 등 관심의 폭을 넓혀간다.

이 시기 이한직의 문학활동 가운데 눈여겨보아야 할 것은 문예지 《문학예술》을 중심으로 한 활동일 것이다. 1956년부터 그는 조지훈, 박두진, 박남수 등과 함께 《문학예술》의 시 추천 위원을 맡아서 활동하는데, 이때 그가 배출한 시인들로는 박희진, 신경림, 이일, 허만하, 성찬경 등이 있다. 이들이 이후 1960년대 시단을 주도한 시인들이었음을 감안할 때, 이한직은 지용으로부터 《문장》의 시인들로 이어지는 1930년대 후반의 한국시의 전개 및 그 이후인 1960년대 시와의 연맥관계를 살펴보는 데 있어서도 반드시 논구되지 않으면 안 될 시인임이 드러난다. 또한 그는 같은 시기에 과감한 문명비판을 감행한 김수영에 대해서도 한결같은 기대를 내보이는데, 나름대로 서정의 세계를 탐구해온 그의 시력을 감안해볼 때 그의 선자로서의 시야는 새로이 조명받아 마땅하다고 생각된다.

시인이자 시민으로서의 이한직의 문학활동은 1960년 4·19 혁명의 발발과 더불어 다시 한 번 급격한 변모를 보인다. 학생들의 정의로운 의거 소식을 듣고 그는 「진에瞋恚의 불꽃을」, 「사월의 기旗는」과 같은 격문 성격의 시를 발표하는 것은 물론, 이승만 정권에 의해 목숨을 잃고 4·19의 도화선이 되었던 김주열 열사의 모친인 권찬주 여사의 소파상 수상식에 참석하여 「진혼의 노래」(이 작품은 아직 발견되지 않았다)라는 작품을 낭송하기도 한다.

이한직은 1961년 주일駐日 문정관文政官으로 도일하여 일을 하다가, 문정관을 그만둔 이후에는 전자공업에 종사하였다고 하는데, 이 시기에는 일체 시작활동을 하지 않는다. 그러다가 1976년 췌장암 및 암성복막염으로 도쿄에서 사망한다. 그의 사후 같은 《문장》 출신 시인이었던 박두진과 박목월이 주축이 되어 그의 시를 모아 유고시집 『이한직 시집』(문리사)이 간행되었는데, 이 책에는 그의 데뷔작 「풍장」을 위시하여 도합 21편과 목월과 두진의 추도시와 추도사, 그리고 친동생의 후기가 실려 있다.

　이한직의 시는 아직 온전히 수습되었다고 보기 어려운데, 그의 활동 시기가 해방과 한국전쟁을 전후한 격동기여서 자료 조사가 수월하지 않기 때문일 것이다. 이 책에는 도합 32편의 시작품과 그가 남긴 산문과 평론 등을 망라했으며, 몇 편의 번역물은 그의 작품이라고 보기 어려워 출처만을 명기했다. 이 선집 간행을 계기로 보다 더 많은 그의 시가 발굴되어 이한직의 문학적 면모가 총체적으로 복구되기를 희망한다.

2011년 12월

김경수

1. 표기는 1988년 1월 고시 '한글맞춤법'과 '표준어 규정'을 근거로 최대한 현대 표기로 바꾸었다. 다만 시적 허용에 해당하는 경우는 시인의 의도를 따랐다.
2. 제1부에는 그의 시작품을 모았고, 제2부에는 산문, 그리고 제3부에는 평론을 실었다. 일부 번역문과 편저 후기, 서평 등도 평론으로 간주하여 3부에 실었음을 밝혀둔다. 그가 남긴 세 편의 번역물은 작품연보에만 기록하고 이 책에는 수록하지 않았다.
3. 작품배열은 발표순을 원칙으로 하였고, 출전은 작품의 말미에 밝혔다.
4. 한자는 가능한 한 줄이고 해독의 편리를 위하여 필요하다고 판단되는 경우에만 병기하였다.
5. 원문의 오자는 바로잡았다. 원문의 활자를 확인할 수 없는 단어는 ×로 표기했다.
6. 작품은 「　」로, 단행본은 『　』로, 잡지와 신문은 《　》기호로 표기하였다.

차례

제1부_시

제2부_산문

제3부_평론

해설_이한직의 시적 여정 • 223

제1부 시

매상기昧爽記

바다는 푸른 상장喪章을 차고

아드리아 해의 오전 6시경
멜론처럼 향기로운 사유여
셸리안 부류의 해도海圖 위를
성장盛裝한 싸이락코 풍風이 기적도 없이 질주하다

홈시크 비스름한 바다에서의 식욕
분수같이 풍겨오는 육지의 기억들은
다 떫은 미각을 가졌더라

안개 깊은 며칠이 지난 후
"폭풍이다!"
마도라스 파잎의 열정이
순백한 체온표에 붉은 예각삼각형을
그리어놓았다

아무리 하여도,
피타고라스의 정리를 믿지 못하겠는 오늘 아침
스핑크스처럼 배고픈 표정으로
침대에 쓰러진 나는 서반아 무도회 같은
현기를 느꼈다

여러 날째
항해일지가 공란인 날이 계속되고,
안개 개인 어느 아침
육지와 멀리 떠난 바다 위에서
방위감方位感을 여윈 나의 범선이 삼가롭게
아사餓死하고 있었다

—《여성》, 1937. 9.

풍장

사구 위에서는
호궁胡弓을 뜯는
님프의 동화가 그립다

계절풍이여
캬라반의 방울소리를
실어다 다오

장송보葬送譜도 없이
나는 사구 위에서
풍장이 되는구나

날마다 밤마다
나는 한 개의 실루엣으로
괴로워했다

깨어진 올갠이
묘연한 요람의 노래를
부른다, 귀의 탓인지

장송보도 없이
나는 사구 위에서

풍장이 되는구나

그립은 사람아

— 《문장》, 1938. 5.

북극권

초록빛 지면 위에
한 개 운석이 떨어지고

바람은 남쪽으로 간다더라
징 툭툭한 구두를 신고

소란타, 마음의 계절
나의 Muse 그대, 각적角笛을 불라
귓속에선 메아리도 우짖어라

묘망히 창천 아래 누은
나형裸形의 Neptune!
추위를 삼가라

색채 잊은
그날 밤의 꿈이여

밤마다
유찬流竄의 황제처럼
깨어진 훈장의 파편을
주워 모으는 하얀 손, 손,

파리한 내 손

—《문장》, 1938. 5.

기려초羈旅抄

그 구비진 재 위에서
나는 그림자를 잃다

습지에는 슬픈 설화의 발자국을 남긴 채
쉐퍼어드인 양 재빨리 걷다

함박눈처럼 날아오는 사념을
하나하나 아름다이 결정시키고

또는
산뜻한 Ozone을 헤치며 헤치며
함부로 휘파람도 날리다

상복 입은 백화림白樺林 사이사이로
넌즛, 내어다보이는
꽃이파리 못지않게 현란한 산山결이여

동화같이 어지러이 덧덮인 산맥에서
이제 나는 조상의 모습을 그려보며
그들의 골격을 생각하다

오전 열한 시—

남풍은 유달리 미끄러워
산마루턱에는 눈부시게
오월 햇살이 빛나다

이젠 용렬한
시정의 거짓에 겁내지 않으리

한 봉지 하얀 산약을 흩뿌린 다음
곰곰이 빛나는 흙을 더듬어보다

이제부터는 울울한 생활에 매이지 않으리라고

나는 소라처럼 안도하다

—《문장》, 1938. 6.

온실

그 유리창 너머
오월의 창궁에는
나근나근한 게으름이 놓였다.

저 하늘
표운漂雲이 끊어지는 곳
한 태台 비행기 간다

우르릉우르릉
하전히 폭음을 날리며

진정
첫여름 온실 속은
해저보다 정밀한 우주였다

엽맥葉脈에는
아름다운 음악조차 담고
정오—
아마릴리스는 호수의 체온을 가졌다

풍화한 토양은
날마다

겸양한 윤리의 꽃을 피웠지만

내 혈액 속에는
또 다른 꽃봉오리가
모르는 체 나날이 자라갔다

— 《문장》, 1938. 8.

낙타

눈을 감으면

어린 시절, 선생님이 걸어오신다
회차리를 들고서

선생님은 낙타처럼 늙으셨다
늦은 봄 햇살을 등에 지고
낙타는 항시 추억한다
―옛날에 옛날에―

낙타는 어린 시절, 선생님처럼 늙었다
나도 따뜻한 봄볕을 등에 지고
금잔디 위에서 낙타를 본다

내가 여읜 동심의 옛이야기가
여기저기
떨어져 있음직한 동물원의 오후

― 《문장》, 1938. 8.

가정

1
마음 이리 호젓할 때면
소리 높이 군가도 불러보았다

2
모두 쓸쓸한 사람들
밤이 밀려오면 소리 없이 봄비도 내렸다
분분芬芬히 즐거운 단란團欒은 없었지만
때로는 몸 서듯 봉오리 가지는* 군자란君子蘭이었다

3
꽃을 보는 사람들의 마음 서로서로
생각은 달랐지만 어리둥절 그 눈초리에
가냘픈 희망이 빛났다
이럴 때면 구태여 인간됨도 설지 않아
안도는 끝없는 외로움인 양 마음 포근하다

— 《문장》, 1939. 11.

| * 『이한직 시집』에는 '지니는'으로 되어 있다.

높새가 불면

높새가 불면
당홍唐紅 연도 날으리

향수는 가슴 깊이 품고

참대를 꺾어
지팡이 짚고

짚풀을 삼어
짚새기 신고

다시는 돌아오지 않을
슬프고 고요한
길손이 되오리

높새가 불면
황나비도 날으리

생활도 갈등도
그리고 산술算術도
다 잊어버리고

백화를 깎아
묘표를 삼고

동원에 피어오르는
한 떨기 아름다운
백합꽃이 되오리

높새가 불면—

— 《문장》, 1940. 3.

붕괴

태초에 한 개 선천先天의 기억이 있었다

호올로 있을 적엔 외로움도 도무지 서럽지 않았다
황무지에 먼동이 틀 무렵이었다
전설같이 고요하였다
그때였다
뉘우침의 첫째 돌이 놓여진 것은
하나 위에 둘째 그 위에 셋째가⋯⋯
자꾸 뉘우침의 조각돌은 쌓여졌다

오호라 나의 걸어온 이십육 년의 세월이여

어느덧 황무지는 밭갈리워
거기 악의의 식물은 무성하고
탑은⋯⋯ 뉘우침의 탑은
정정히 하늘로 솟아올랐다

너 카인의 아들이여 분노하여라 고함치어라
그 어느 바람 소란한 밤
계시가 바람과 함께 불현듯 오지 않았으면
또 한없는 인종의 풍상이
탑을 씻고 지나갔으리라

그러나 지금
반역에 격한 탑塔지의 마음은
제 몸이 한숨에 무너지는
그런 비창한 찰나만을 생각하였다

바람 개인 한 아침
사람들은 도로 황폐한 벌을 지나
폐허를 향하여 묵묵히 행렬하였다

아무 노래도 들려오지는 않았다

— 《동아일보》, 1946. 8. 13.

설구雪衢

첫눈 내리는 밤이었다
가설假說같이 우원迂遠한 너의 애정에는
무엇보다 흰 것이 잘 어울렸는데
애달픈 나의 향일성向日性을
받들어줄 별은 왜 보이지 않았던가
기우러진 사상은
조화처럼 퇴색하려고 하였다
붕대에 싸인 나의 인생이
너털웃음을 웃는 것이다

아득한 기억 속에
마지막 아마릴리스인 양
너와의 약속이 피어 남고, 화액花液은
오히려 죄와 같이 향기로워

첫눈 내리는 밤이다
계절에의 공감만이
가난한 나의 가슴을 아름다이 장식하였다

두 눈에서 넘쳐흐르는 것은
흡사 눈물같이 따스하였으나
나는 구태여 휘파람을 날렸다

차라리
노리개처럼 즐겁게 살리라

첫눈 내리는 밤엔
파이프를 물고
홀로 밤거리로 나가자

― 《경향신문》, 1947. 1. 3.

비상

나의 뇌장腦漿이 빙하처럼 추이推移한다
나의 맹점 저 깊은 곳에
부정의 하적이 남는다

ELIZA는 사차원의 문법을 배운다
무슨 과실을 맺으려
수빙은 개화하는가

해빙기에는
꽃잎처럼 향기롭게
별들이 내려 쌓인다고 한다

슬픈 반항이 끝난 날부터
ELIZA는 별들의 사상을
사랑하기 시작하였다

수천만 광년을 거쳐
화음의 영토로 가자

새로운 비상을 위하여
ELIZA는 몸 서듯 고요히
의식의 날개를 기른다

ELIZA는 황홀히 기다린다

— 《경향신문》, 1948. 2. 20.

세례만월洗禮滿月

고요히 짙어가는
원시의 밤
중천에는 만월이

관능의 들에는
난만한 진달래가

말리는 사람 있건
뿌리치고
너는 오너라

이단의 신들이
생명을 노래하는 곳으로

아 이 한밤
여체女體의 불꽃이 조응照應하는 것
푸른 달빛은
쏟아져 쏟아져

인습의 의상을 벗은
옥이의 나신은
환희한다

천상의 가락은
둥 두둥 둥둥

꽃을랑 꺾어
너의 목과 가슴을 장식하고
생명과 축제를 위하여
너는 그 법열法悅에 눈물 지으라

고요히 짙어가는 원시의 밤

천상의 가락은
두둥둥 둥둥
울려오는데

관능의 들에는
난만한 진달래가

중천에는 만월이

— 《경향신문》, 1948. 8. 8.

범람

PIANO가 오월처럼 범람하는
오후의 그늘
잠깐 풍경이 반성한다

순수공간에서 그림자를 쇠실衰失한
ABERALE
너는 여전히 삼인칭으로 참회하는가

오월이 PIANO처럼 범람한다
환청
그러나 아무 질문도 필요치 않다

태양을 사살하라
그런 다음
ABERALE의 즐거운 둔주

— 《자유신문》, 1948. 12. 24.

상아해안象牙海岸

어찌할 수도 없이
안타까운 습성이라면
나는 다시
총명한 그 경사를 내려가리라

ELIZA
원죄설은 도편陶片으로 추방하고
상아해안에서 절대의 시간을 계산하자

마지막 격정을
문장 있는 나푸킨으로 씻으면
너의 표정은 또다시
미덕 갖춘 수사를 시작하리라
돌아오는 ELIZA
백아기白亞紀의 미학이 무성하는
풍화의 터 상아해안으로 돌아오라

미철彌撒의 크레셴도
계절의 합창도 없다면
아 다만

너의 입술

한 송이 죄의 딸기를
내 이마 위에 심으라

— 《백민白民》, 1949. 2.

융립聳立

— 로트레아몽 백작에게

추상의 시야에서
판테온의 비둘기들이
떼 지어 날아가는 것을 나는 본다

장식음의 장렬이 모두 지나간 다음
나는 비로소 나의 서정과 결별할 수 있었다
그러나 레아몽
진정 나 홀로 이 광야에 서 있어야만 하는가

소리 없는 통곡과 몸짓 없는 몸부림에 지쳐
나는 하늘 향하여 홍소하는 버릇을 배웠다

불안한 기후만이 나의 것이다
새싹 트고 푸른 잎새 달 기약 없는
허무의 수목이 나는 되자

사보텐만이 무성할 수 있는 비정의 하늘 아래
자학하는 두 팔을 안타까이 내밀며 나는 섰다
여지껏 나는 부르주아지와 친할 수 없다

— 《민성民聲》, 1949. 4.

항해

능금 삶는 냄새가
풍겨오는 힌테랜드*에
수건을 흔들었다
하아얀 테라스에서
오늘도 옥이는
능금을 삶는가
"R.P.M 800"
"R.P.M 800SW"
이제 사슬을 벗어난
프로메테**가 포에지를 연소시키며
온 태양계와 더불어
바다를 간다
"왼편 5도 키 바로"
"왼편 5도 키 바로 SW"
항해 항해
명석한 해결이여
하아얀 테라스에서
오늘도 옥이는
능금을 삶는가

— 《경향신문》, 1949. 5. 16.

---

* '한적한 시골마을'이라는 뜻으로, 독일어 '힌터란트'의 오식으로 추정된다.
** 프로메테우스.

미래의 산상山上으로

이제는 이미 일광도 강우도
식물들의 영양이 될 수 없다는 것을
나는 분명히 분명히 깨달았단다

근대近代의 주위를 휘도는
이 불모의 길을랑
자학의 입술을 굳게 다물고
나 홀로 가련다

오랜 세월을 두고
목메어 부르던 이름이여
서정의 연대는 끝났다
처참한 정신의 유혈을 인내하며
너도 미래의 산상을 향하여 너의 길을 가라

먼 훗날 그 숙명의 언덕 위에
서로 뜻하지 않은 해후가 있어
그때 나의 눈동자가 반짝이는 이슬로 젖었더라고
너는 한 마디의 노여움도 나에게 고하지 마라

그렇다, 나는 진정 너를 잊을 수가 있었단다
오랜 세월을 두고

목메어 부르던 그대 서정의 이름이여

― 《문예》, 1950. 1.

어느 병든 봄에

역력히
나는 그것을 알고 있다
늦은 봄
꽃그늘에
매양 졸고 있는
나의 뇌장이
병든 과실처럼
지금 서서히
썩어가고 있는 것을
나는 그것을 잘 알고 있다
오래지 않아 나에게 있을
그 발작은
나근한 봄볕에
일제히 꽃을 가지는
현화식물*처럼
제발 그렇게
아름답기나 하였으면
시인 하나가
기어코 미치고 마는
병든 봄

| * 종자식물.

'라일락'의 꽃그늘
독한 꽃내음

— 《경향신문》, 1950. 2. 3.

또다시 허구의 봄이

나 이제 좀 피곤하여
청춘 그 어느 길목에 우두커니 섰노라

나와는 무연한 것
꽃들이여

너희들 다시 한 번 그곳에 마음껏 피어보려나
거짓의 기도와 거짓의 맹서와
그리고 거짓의 포옹

이 도시에는 도모지 어울리지 않는
불길한 그림자를 거느리고
그래도 나는 또다시 이 길을 걸어야만 할 것인가

이제 바야흐로
종점에 다다르려고 하는 나의 여정이여
병든 예감이
소년처럼 가슴 설레야 기다리는 것은

아아 이러한 허구의 봄이 아니라
너의 발자국소리가 아니라
그것은 바람 차게 나부끼는

나의 검은 종언의 깃발이어라
아무도 미워하지 않는 대신
나 이제 아무도 사랑하지 않으리

— 《백민》, 1950. 3.

독毒

푸르른 달빛이 괴롭구나
이처럼 잠 못 이루는 밤엔
필시 이 유역流域 어느 곳에서
저주의 버섯들이
무럭무럭 자라나고 있을 게다

초생달빛 푸른 밤마다
이슬을 받은 버섯들은
저마다 사나운 독을 지니는 것이라 하지 않은가
그렇다
총명한 화술보다는
차라리 잔인한 '사라센'의 비수를

선혈이 보고 싶어라
욕된 기대에 부풀어 오는
그 원죄의 유방에서 내뿜는
선지빛 선혈만이 보고 싶어라

이것은 다시없이 엄숙한 삶의 순간
미소마저 잊은 입술을 깨물고
쏟아지는 달빛에 이마를 식힌다

— 《신천지》, 1950. 3.

화하 花河

꽃은
이틀을 피더니 지고 말았다
물결을 타고
꽃잎들은
바다를 향하여 흘러 내려갔다
나란히 앉아서

우리는 그런대로 행복하였다
기억에 틀림이 없다면
그때도
둥근 달은 강물에 비치고 있었다

─무엇을 생각하며
너는 떠나갔는가─

꽃은
몇 번이고 다시 피고
다시 지고

아, 그것은 벌써 오래전에
단념한 것이 아니었던가
우리 그냥 잊어버리고 말자

물결은
피비린내 나는 육신을 달래는
〈레퀴엠〉인 양
꽃잎을 태우고
흘러 흘러서
바다로 간다

— 《문학》, 1950. 6.

동양의 산

비쩍 마른 어깨가
항의하는 양 날카로운 것은
고발 않고는 못 참는
애달픈 천품을 타고난 까닭일 게다
격한 분화의 기억을 지녔다
그때는 어린 대로 심히 노怒해볼 수도 있었기 때문이다

식물들은 해마다 헛되이 뿌리를 박았으나
끝내 삼림을 이루지 못하였다
지나치게 처참함을 겪고 나면
오히려 이렇게도 마음 고요해지는 것일까
이제는 고집하여야 할 아무 주장도 없다

지금 산기슭에 바추카 포砲가 진동하고
공산주의자들이 낯설은 외국말로 함성을 올린다
그리고 실로 믿을 수 없을 만큼 손쉽게
쓰러져 죽은 선의의 사람들
아 그러나 그 무엇이 나의 이 고요함을
깨뜨릴 수 있으리오

눈을 꼭 감은 채
나의 표정은 그대로 얼어붙었나보다

미소마저 잊어버린

나는 동양의 산이다

― 《시문학》, 1951. 6.

여백에

사뭇 이대로 걸어가야만 할 것인가
이 길

낯선 사람들과 어깨를 부비며
광복동 거리를 가다가 걸음을 멈춘다
요사이로는 도무지 슬퍼해보지도 못하는
서른세 살 난 사나이에게
이러한 때 소나기마냥 갑자기 쏟아져오는 것은
대체 무엇이라 이름하는 감정인가

움직임을 멈춘 지 이미 오랜 시계다
그것을 주머니 속에서 어루만지며
그래도 한없이 부드러운 마음으로
꽃방을 들여다보는 것이다
몇 송이 구라지오라스*의 주홍빛이
현훈眩暈이 되어 내 육신을 뚫고
무한대의 저편으로 날아간다

가만히 그 자리에서 눈을 감는다
한여름의 햇살이 머리 위에 뜨거운데

| * 글라디올러스.

이때 누구의 목소리인지 내 귓가에 속삭인다

Rien, Rien,
설득하려는 어조로
이 속삭임은 되풀이되는 것이다

Rien, Rien,

— 《문예》, 1952. 9.

행진

하나의 커다란 의지의 흐름이다
압록강마냥 힘차고 줄기찬 분노의 흐름이다
아무도 이 흐름을 막을 수 없다
여기 늠름히 이마를 들고 걸어가는 이들
흰옷을 입은 서른세 사람의 한국사람들
괴로움을 위해선 목숨을 내놓고 뉘우치지 않던
마음에서 마음으로 유전해 내려온 열풍이여
아아 자유

이것은 굳센 의지의 흐름이다
뛰어들라 한국의 슬기
이 흐름에 몸을 던지라

동해의 노도 되어 싸움터로 달려가는 한국
사람들이다
원수의 가슴엔 비수를 심으라
빼앗겼던 들에는 무궁화를 심으라

피에서 피로 유전해 내려온 열풍이여

해마다 돌아오는 삼일절에는
삼천만 가슴마다

선지빛 무궁화가 봉오리를 연다

— 《동아일보》, 1953. 3. 1.

잠 이루지 못하는 밤이면

번듯이 누운 가슴 위에
함박눈처럼 소복이 내려쌓이는 것이 있다
무겁지는 않으나 그것은 한없이 차가운 것
그러나 자애롭고 따스한 손이 있어
어느 날엔가 그 위에 와서 가만히 놓이면
이내 녹아버리고야 말 것

몸짓도 않고 그 차가움을 견딘다
전구하라 '싼타 마리아'

이 한밤에 차가움을 견디는
그 가슴을 위하여 전구하라

삶과 삶으로 말미암은 뉘우침과
또한 죽음을 생각하기 시작한 사나이는

번듯이 누운 채 눈을 감아본다

이 한밤에
함박눈은 풀풀 내려쌓이고 있을지도 모른다
이 도시의 다른 모든 지붕 위에도
뉘우침의 함박눈은—

그렇다 동정마리아여
이 가슴 하나를 위해서가 아니라

저 모든 지붕과 그 밑에 놓인 삶들을 위하여
그대 주에게 전구하라

— 《현대예술》, 1954. 3.

진에瞋恚의 불꽃을
— 경향각지에서 공겹선거를 부르짖는 학생들의 의거가 있었다 하기에

욕된 권력의 손이 너의 입을 막거든
노한 두 눈을 부릅뜨고
너의 눈동자로 하여 진에의 불꽃을 쏘아 뿜게 하라

한낮 햇빛 아래에서 오히려 늠열凜烈히 반짝이는 것
눈동자 눈동자 눈동자
젊은 눈동자들

어질고 착하게만 살아왔기에
그 눈동자
부정을 규탄하여 작렬하리라

온 누리가 병들어도
끝내 썩을 줄을 모르는
너희들은 민족의 소금

작열하라
젊은 눈동자들이여

짓밟혀도 짓밟혀도
오히려 꿋꿋이 이마를 쳐들 줄 아는

너희들은 자랑스럽게 씩씩한 잡초
민족의 오직 하나 청결한 부분

작렬하라 작렬하라
젊은 눈동자들이여

그리하여
저 추하고 천한 무리들 위에
진에한 모멸의 불꽃을 쏘아 뿜으라

— 《새벽》, 1960. 4.

깨끗한 손을 가진 분이 계시거든

지금 저기 찬란히 피어오르고 있는
저 꽃의 이름이 무엇입니까

모진 비바람과
염열炎熱과 혹한의 기후를 견디어
지금 노을빛 꽃잎을 벌리려 하는
저 꽃의 이름은 무엇입니까

옳다고 믿는 일을 위해서
완이莞爾*히 숨을 거둔 젊은이들
마산에서 세종로에서
그리고 효자동 저 전차 막 닿는 곳에서

뿌려놓은 값진 피거름 위에
지금 저기 눈도 부시게 활짝 꽃잎을 연
저 꽃의 이름을 대어주십시오

추근추근히 말을 안 듣고
속을 썩이던 놈도 있었지요
선생님 술 한잔 사주세요 하고

| * 빙그레 웃는 모양.

어리광부리던 놈도 있었지요
가정교사 일자리를 부탁하던 놈도 있었지요

옳은 일을 하라더니 왜 막느냐고
말리는 손을 뿌리치고 뛰어나간 놈들이었습니다
늙어서 마음이 흐려지고
겁유怯儒한* 까닭으로 독재와 타협하던
못난 교사는 눈물도 말라버린 채
노을빛 꽃송이를 바라봅니다

깨끗한 손을 가진 분이 계시거든
이 앞으로 나와주십시오

나 대신 저 꽃송이 위에
살며시 손을 얹어 놔주십시오

그놈들이 그 뜨거운 체온이
그대로 거기 느껴질 것만 같군요

— 《경향신문》, 1960. 4. 27.

| * 무서워하고 유약한.

사월의 기旗는

이 깃발을 보라
세찬 공감의 바람을 안고
푸른 하늘에 퍼덕이고 있는
혁명의 기를

민권강도의 수괴首魁의 도망을 돕고
부정축재자의 누재陋財를 지켜주기에 급급한 무리여
과도정부란 이름 아래
혁명의 결과를 날치기한 몰염치한들이여

강도를 거들던 손에 땀도 채 마르기 전에
그 더러운 손으로
나라 정사에 참여하겠다고 서두르는
궂은 벌레들이여
너희 이 깃발을 보는가

이웃을 위해서는 한 조각의 참외도 나눠먹을 만큼
어질었건만 기본권조차 누리지 못했던 인민들을 위해서
아무리 동면해도 동짓달 기나긴 밤을 허리띠를
졸라맨 채 냉골에서 드새야 했던
저 불쌍한 인민들을 위해서

의로운 젊은이들이 흘린
그 선지피가 물들어 있는
이 깃발 사월의 기를

아아 너희들은 보는가 이 깃발을
불의와 악덕의 저자*를 지키는 벌레들이여
그 저자의 개와蓋瓦** 모두가 모두 너의 편을 들지라도

그것은 백만 아니 천만일지라도
이 깃발은 가리라
두려움 없이 전진하리라
사월의 기는

— 《새벽》, 1960. 8.

---

* 시장.
** 기와.

강하降下

첫눈 내리던 밤이었다
가설같이 우원迂遠한 너의 애정에는
무엇보다 흰 것이 잘 어울렸는데
애달픈 나의 향일성向日性을 받들어줄 별은
왜 보이지 않았던가

기울어진 사상은
조화造花처럼 퇴색하려고 하였다
붕대에 싸인 나의 인생이
너털웃음을 웃는 것이다

아득한 기억 속에
마지막 '아마릴리스'인 양
너와의 약속이 피어남고
화액花液은
오히려 죄와 같이 향기로워

첫눈 내리던 밤이다
계절에의 공감만이
가난한 나의 가슴을 아름다이 장식하였다

두 눈에서 넘쳐흐르는 것은

흡사 눈물같이 따스하였으나
나는 구태여 휘파람을 날렸다

바로 그날 밤이다
차라리 노리개처럼 살려고 결심한 것은

― 김용호 편, 『낙엽과 눈은 쌓이고―한국의 자연시집』, 대문사, 1960.

황해

황해
황해

몸부림치며 우는 동양
쓴웃음 짓는 동양

명상에 잠기는 노자老子
노호하는 이반·이바노비치

황해

얼굴에 칠한 맨소래담
녹슬은 버터·나이프

빛바랜 염서艶書
향수 잊는 나그네

황해

돌아오지 않는 탕아의 레퀴엠
사스펜더 감추는 신사
첫 무도회에 나가는 소녀

황해
황해

장미를 훔치는 사나이
앙리·루소의 모티프

황해

불령인도지나은행佛領印度支那銀行의 대차대조표
지미 오장伍長의 체온표

연경 원명원 호동燕京圓明園胡同*에 사는 노무老巫
마드리드의 창부

이 빠진 고려청자
자선가 아담의 뉘우침

황해

도편추방을 받은 루스코에·부레미야
백이의제白耳義製 권총을 겨누는 이장길李長吉

황해

| *북경의 지명.

던지어진 흰 장갑

조끼에 꽂은 내프킨

시베리아를 돌아온 편지의 우표

굶주린 시민

캡틴·쿡의 시름

황해

황해

요트 롯시난테 호는 달린다

내일은 포―트·다알니

황해

자꾸 잊어버리는 황해

황해는 망각의 바다

이제 황해는 피곤하다

— 발표시기 미상*

* 「황해」, 「환희」, 「시인은」 세 편의 시는 모두 원전 확인이 안 되고, 1976년 『이한직 시집』에 최초 수록
되었다.

환희
—MONTAGE

a
내 손의 SIZE가 자꾸 작아진다
EMMA의 손보다도 더 작아진다
그런데 왜
이 담배의 SIZE가 자꾸 커가기만 하는가
잃어진 균형
앗
속히 그 손으로
확대된 동공을 덮으라

b
고층건물들은
나에게 항의하려 한다
나는 날카로운 휘파람을 한번 분다
찰나
이 역설의 도시는
화재의 바다가 되고 만다
로브·데콜테를 입은 숙녀들의
아비규환 속에서
나는 눈물이 나오도록 홍소한다

— 발표시기 미상

시인은

한 눈을 가리고
세상을 간다

하나만 가지라고
구슬 두 개를 보이던 사람에겐
옥돌 빛만 칭찬하고 돌아서 왔다

어디로 가는 길이냐고
묻는 사람이 있으면

그냥 빙그레 웃어만 보이련다

남루襤褸를 감고 거리에 서서
마음은 조금도 번거롭지 않아라

— 발표시기 미상

제2부 산문

한翰 1

"시(형이상적의 그것이겠지요)의 시대는 이미 지났다" 하는 말을 가끔 듣습니다. 이렇게 생각하는 사람들은 시보다 지성(잘못 인식된 것)을 믿고 지성보다는 기계를 더 믿는 소위 진보적 인텔리겐치아들입니다. 그들은 시를 묵살함으로써 또 그릇된 지성의 집착함으로써 우리 제너레이션 전체를 휩싸고 있는 혼돈과 불안으로부터 피해나려고 고민하고 있는 모양입니다.

물론 저도 그 제너레이션에 속한 한 사람으로서 그러한 혼돈밖에 산 것은 아니고 또 그들과 같은 불안을 느끼지 않는 것은 아닙니다. 그러나 지성을 믿는 것과 똑같은 정도로 시도 잊어버리지 않으므로 그들과 같이 그렇게 불행하지는 않습니다.

"시의 시대는 지나갔다"고 단언하고 시와 절연한 것은 확실히 우리 문명비평의 획기적 진출이었을는지 모르겠습니다만 그러나 그것이 불행한 진보였던 것은 틀림없습니다. 그것은 자본주의가 결국에 있어서 불행한 진보였었던 것과 꼭 부절符節*이 맞지 않습니까. 현대의 문명비평은 허무적인 위악가僞惡家입니다. 그는 자기 내부에서 잔잔히 숨쉬고 있는 시를 일부러 죽이고 있습니다. 그러한 시의 살육 뒤에서 오만한 미소를 띠고 있는 우리 문명비평을 형도 결코 노멀한 것이라고 생각하시지는 않겠지요. 그는 냉엄한 과학정신을 표방하고 있습니다. 그러면 과학은 만 명의 시 안 가진 기술자의 손으로만 발달된 것일까요. 열 명의 시인의 인스퍼레이션도 또한 필요했었던 것입니다. 그 사실을 잊은 문명비평의 옵티미즘은 비참한 착각입니다. 또 그들 현대의 진보적 인텔리라고 자칭하는 분들이 무엇보다도 위하고 자랑삼는 지성으로 하더라도 그것은 확실한 뿌리를 가진 것은 아닌 것 같습니다. 모든 정당한 판단과 총명한 통찰은 어두워지고 양식은 환경의 변화에 따라서 동요되고 왜곡되고 있는 사실을 형도 보시지 않습니까. 참된 지성에는 없는 수 없는 고매한 한 객관성조차 볼 수 없습니다. 그야 혼돈은 우리들이 당면한 현실이겠지만 지성의 패배가 과장된 심각한 표정으로 논의되는 그 이유를 생각해본다면 그들은 실지로 현실의 날카로운 비수에 살을 찍히고 꼼짝할 수 없는 혼돈의 옥獄에 유폐되었다는 것보다는 장차 당래할 현실과의 격렬한 알력을 예상하고 겁내는 나머지 주저앉았다고 할 수가 있습니다. 요컨대 오늘날 우리 문학이 이와 같은 혼돈 가운데 빠진 것은 너무도 민감하고 담약한 우리들의 감수성에 원인하는 것이 아닐까 합니다. 민감할 것만이 지성의 특성은 아닙니다. 정당한 판단과 총명한 통찰과 왕성한 의욕 이것이 있음으로 지성을 우리는 자랑하는 것입니다. 공연한 도피를 꾀하기 전에 우리는 우선 현실을 깊이 더 깊이 발겨볼 필요가 있습니다. 그러면 반드시 우리들의 시와 지성을 아름답게 개화시킬 토양을 발견할 것입니다.

　근 한 시간 동안에 쓸데 적은 요설을 마치려 펜을 놓으면서 이상히

흥분해오는 제 자신을 발견하였습니다. 그러나 후일 누가 제 이 미론迷論의 오류를 지적하는 분이 있다면 흥분하며 반박하는 대신에 미소를 대답삼을 아량을 가질 수 있겠다고 약속하겠습니다. (10월 22일, 동경)

— 《문장》, 1939. 9.

이십세기의 야만

물론 야만과 솔직은 시노님*이 아니다.

그러나 가장 솔직한 행동이 야만으로 뵈는 수도 있고, 정말 야만한 일이 가장 솔직하게 뵈는 수도 또한 있을 수 있는 일이다.

일전 신문에 이런 기사가 있었다.

「아들의 원수를 갚으려 노부모가 기차를 습격」 즉 철도사고에 아들을 잃고 그 복수를 하려고 그 집안사람들이 낫을 들고 기차를 습격하였다가 포박되었다는 것이다. 그때는 그저 힐끗 '미다시〔見出〕'**만 보고 지냈는데 며칠 후 어느 장소에서 소설가 R씨와 시인 K씨를 만나 요새 물가 이야기, 창씨創氏 이야기, 이 이야기 저 이야기 끝에 그 기사가 화제에 올랐다. 화제를 꺼낸 분은 시인 K씨다.

"이게 정말 이십세기의 야만일세그려 허허허허" 하고 두 분은 웃었다. 나도 웃었다. 내용인즉슨 극히 간단하다. 소도적놈에게 일 년의 징역을 내린 시골 재판장은 아마 이들에게도 수개월 혹은 수년의 징역을 과할

* Synonym. 동의어.
** 신문의 표제나 표제어를 가리키는 일본어.

80

것이다. 그러면 종막이 되어버릴 쇄사鎖事에 지나지 못한다. 그러나 기차가 들어간 벽촌을 배경으로 하고 천진난만한 인물들을 등장시킨 모리엘도 못지않게 눈물겨운 이 희극을 생각할 때 우리는 그들의 야만을 홍소하면서도 마음 다른 한구석에 어떠한 딴 계시를 받지 않을 수 없다.

긴 장마가 개이고 여름 태양이 눈에 따갑다. 키 큰 포플러가 서넛. 허물어져가는 초가마을은 지금 평화스러운 오수午睡의 꿈을 꾸고 있다. 새로 들어온 철로가 어젯밤의 그 참혹한 살인을 잊어버린 듯 두 마리 흰 뱀같이 반짝이면서 굴 속으로 들어간다. 그 뱀을 눌러죽이려고 하는 것처럼 하얀 옷을 입은 사람들이 철로 위에 돌을 쌓고 있다. 기적소리를 울리며 열차는 내를 건너 고만高慢한 그 자체를 나타낸다. 돌을 쌓던 사람들은 낫을 휘두르면서 기차를 향하여 무엇이라고 고함치고 있다.

상식도 없고 러프하지만[거칠지만] 그 시골사람들의 진졸한 인정. 치기 횡일한 그 방법.

그들의 무지를 비웃지만 우리가 부러워하면서도 가지고 있지 못하는 어떠한 귀중한 것을 그들은 마음속에 지니고 있지 아니할까. 동기가 더 복잡하더라도 우리는 행이지 불행인지 그러한 소박한 방법을 취할 수는 없다. 그러나 때때로 야만에의 매력을 느끼는 나 자신을 문명의 한 혜택이고 고도의 문화인들이 즐긴다는 시원한 한 잔의 커피를 마시면서 곰곰이 생각하여 보았다.

또 며칠 후 딴 친구를 보고 그 이야기를 하였더니 야만을 솔직이라고 내가 오해하고 있다는 것이다. 그들이 솔직을 야만으로 알고 있다고 나는 지금도 생각하고 있는데.

—《문장》, 1940. 9.

한翰 2

Z형!

일전, 귀한貴翰으로 말씀하신 문제에 대하여 저도 그후 깊이 생각하여 보았습니다. 형의 말씀대로 과연 현대는 이지와 의식의 시대임에 틀림없습니다. 이러한 시대의 문학정신의 주류가 리얼리즘이고 또한 주지주의인 것은 극히 자연한 일이겠지요. 그러나 우리들은 이미 너무도 지나친 우리들의 의식의 과잉과 이지의 불면으로 말미암아 고민하고 있지 않습니까. 그렇다 하더라도 형이 말씀하신 대로 과거의 낭만주의로 돌아갈 수는 없을 것입니다. 이것은 제가 감히 스스로 기도하여본 선험이었습니다. 그리하여 낭만주의와 리얼리즘을 같이 지양한 어느 새로운 경지에 동경을 아니 느낄 수 없는 것입니다. 억지로라도 제 시의 방향을 물으신다면 이렇게밖에 더 드릴 말씀이 없음이 자못 서글픕니다.

우리 시단의 구비口碑에 의하면 Ideal이란 말을 잘 주물러 한몫 본 한 사람의 시인이 있었으니, 이즈음 저는 그가 남긴 작품을 힘써 읽을 기회를 가졌었는데 그 작품을 통하여 본 Ideal 씨의 모습은 시류를 이용하는

데 대단히 교묘하였었던 것 같은 투기사적 솜씨와 혹사하여 때로는 소인〔시로도〕가 보아도 퍽이나 위험한 듯한 마권馬券조차 사기를 즐겨했던 모양입디다만 그 결과는 예기한 것과 같이 밤낮 대혈(大穴, 오아나)을 뚫었을 뿐이니 우스운 노릇이 아닐까요. 이야기가 너무 추상적이 되었습니다. 그러나 저는 Ideal 씨에 관하여서는 아직도 존경할 만한 일면이 있음을 부정치 않습니다만, 오호라 그는 이미 타계에 길이 사니 포폄褒貶을 건넬 바 아니나 그보다도 지금 우리 시단에서 저로서는 더욱 타협할 수 없는 요술사 한 분이 있다는 것은 형과 함께 시단을 위하여 슬퍼하지 않을 수 없습니다. 그는 일찍이 측후소의 기상예고 같은 시집을 활자화함으로써 자위하던 사람입니다. 그를 생각할 때마다 "예술이란 형태를 주는 것이다"라고 말한 자콥의 말을 새로 기억하게 됩니다. 과연 그렇습니다! 그러나 이 말을 곡해할 때 "예술이란 신기한 장난"을 하는 것이 되나봅니다. 이해와 곡해에 따라 그 결과는 천양의 차가 생기는 것이지요. 연고로 다만 제일 중요한 것은 양식의 문제일 것입니다.

음악에 있어서 Technic이 예술을 위해서 존재하는 것이고 예술이 technic을 위하여 존재하는 것이 아니라는 것은 시를 쓰는 우리들도 깊이 명심하여둘 잠언이 아닐 수 없습니다. 그 언젠가 엔지니어를 지망하는 한 친구가 "대체, 시란 무엇 때문에 쓰느냐"고 불손히 묻는데도 시를 쓰는 기쁨을 역설한대봤자 별무신통이겠기에 "대체, 그대는 왜 소변을 하느냐"고 반문하고 고소를 참지 못한 난센스도 있었습니다. 형도 이런 경과에는 고소하실 것밖에 다른 예의가 없으시겠지요. 이제 저는 부질없는 요설에 자못 피로하였습니다. 다만 형과 제가 시단의 한 포기 애송이로서 연륜을 쌓기 위하여 자중하여야 할 것을 느끼며 마음을 도사리면서 이만 각필합니다.

—《문장》, 1940. 12.

만우절 후문

그날 아침상을 받고 있는데 어머님이 "오늘 양력으로 몇일이더라?" 하고 물으신 게 모든 잘못의 시초다.

"초하루지요 아마?"

"그럼 '에이프릴 훌'이게?" 하고 이것은 시골서 능금 밭을 보다가 다니러 온 동생.

생각이 좀 달라서 보통 날보다 일찍 사社에서 나갔다.

"신문사도 오래지 않아서 그만두게 되었습니다."

"갑자기 그게 웬말이야."

"미국으로 가게 돼서요."

"형, 그래 언제쯤 떠나게 되나?"

"14일 아니면 28일께쯤 인천을 떠나는 선편이 있다는데 다시 외무처의 지시가 있겠지요."

"미리 의논이라도 할 것이지 원, 사람두!"

우선 주간 C선생이 손쉽게 속아넘어갔다. 거짓이 곧 탄로될 줄만 알

았는데 이렇게 간단히 성공하고 보니까 장난의 규모를 좀더 넓혀볼 욕심
이 난다.

"미국 간다지? 오래 있게 되겠나?" 하고 정경부政經部의 K.

"2년 예정하지만 그건 가봐야지."

"우선 어디로 가는데?"

이것은 문화부의 C.

"미조리 대학이 신문학과로 유명하대서 그리로 가려고 하는데, 미국
도 요새 학교 들기가 무척 힘든데."

태연한 표정이다. 그래도 첫 무대에 오른 배우 모양 농담이 탄로나지
않도록 조심조심 대답한다.

"여비는 어떻게 하나?"

"가서 쓸 것은 불러준 사람이 부담해준다고 했고, 다소는 준비했는데
미국은행 소절수小切手*로 바꿔서 가져가야 한대."

"가거든 편지나 자주 하게. 그리고 샤프 좋은 게 있거든 하나 사 보내
게."

"나는 만년필."

"나는 양복감."

"나도 무엇."

"나도 무엇."

그 하루 편집국은 미국으로 가는 나의 이야기로 해가 졌다. 다음 날
또 다음 날 나는 소문이란 참 빠르다는 사실을 새삼스럽게 인식하지 않
을 수 없었다. 밤낮으로 만나는 타사他社의 동배同輩 기자들, 출입처가 달
라서 평소 잘 못 만나는 기자들 모두 어서 전해들었는지 나를 붙잡고 인

| * 수표.

사한다.

"미국 간다지?"

"언제 떠나나?"

인제는 만나는 사람에게마다 그것이 농담이었다는 것을 설득하는 데 분주한 형편이다. 그래도 그것을 곧이듣고 있는 정직한 사람이 있는지 일주일이 지난 지금도

"장도를 축하한다"는 뜻의 정중한 전갈이나 명함이 나에게 때때로 전해진다.

다른 이야기지만 미국을 가봤으면 하고 생각한 일이 나에게는 한 번도 없다. 정말이다. 앞으로 용이하게 왔다 갔다 할 수 있게 되더라도 아마 영 가지 않을지도 모른다. 꼭 가야 할 일이 생긴다면 별 문제이지만 그렇지 않은 한 암스테르담 치즈를 안주로 '올드파'를 마시는 것보다 장 많이 든 게장으로 약 잘한 안동소주 먹는 맛을 선택하겠다.

어제 무슨 회합이 있어 밤늦게 비를 맞으면서 집으로 나오느라고 감기가 들려 그 조섭으로 누운 자리 속에서 하도 심심하기에 브리태니커를 들춰보니까 '에이프릴 홀'의 기원에 관해서 다음과 같은 설명이 적혀 있다.

"영국에 있어서는 4월 1일은 고대부터 국민적 축제일이었으나 만우절이 일반적 풍습이 된 것은 18세기 초 이전부터의 일은 아니다."

남에게 해를 끼치지 않는 한 이러한 장난쯤 해봐도 좋고 흥미를 느끼지 않는 사람은 물론 안 해도 좋다.

― 《경향신문》, 1947. 4. 13.

성하유한 盛夏有閑

　　더위는 별반 타지 않지만 그보다 좀더 견딜 수 없는 불쾌한 생리를
나는 가졌다. 하는 일 없이 홀로 앉았으면 아무 이유도 대상도 없는 격한
분노와 초조감 때문에 뺨과 이마가 달아오르고 갑자기 숨이 가빠지는 것
이다. 심할 때는 무어라 고함치고 싶은 충동조차 느끼는 수가 있다. 이럴
때면 책장 구석에서 먼지를 쓰고 있는 낡은 인갑印匣을 꺼내어 옥돌을 하
나 집어 뺨에 대어본다. 처음에는 우연히 해본 일이지만 생각에는 무슨
안식을 주는 비방인 것 같기도 하다.

　　이렇게 해서 돌아가신 아버님의 유일한 유산인 인갑이 자칫하면 정
신조차 영락하려고 하는 자식인 나의 애용하는 바가 되었다. 내가 늙어
서 이승에 아무 소원도 없어져 유유히 무료를 즐길 수 있는 때가 만약 온
다면 그때에는 더러 글씨공부도 하겠다고 생각해보는 일도 있다.

　　　　　　　　　　　　　　　　　　　　　— 《경향신문》, 1949. 8. 4.

해병은 동해에서 이렇게 싸우고 있다

― 황토도黃土島에서

일선一線이라고 하면 38도선을 중심으로 하는 전선을 연상하는 것이 우리들의 상례常例이다. 그러므로 적지연해敵地沿海를 41도선까지 깊숙이 올라간 곳에 산재해 있는 여러 소도서小島嶼를 점령한 다음 갖은 악조건과 싸우며 적지를 비예睥睨하고 있는 우리 해병의 정예부대가 있다는 사실을 아는 사람은 극히 드물다. 본고는 저자가 해병 동해부대에 종군하여 여러 소도서 중에서도 적지와 가장 근접해 있는 황토도 부대를 찾았을 때에 얻은 기록이다. 원산元山을 품에 안은 영흥만을 깊숙이 헤치고 들어가 명사십리의 절경을 불과 2천 수백 야드(약 5리) 밖에서 건너다보고 있는 불모무인不毛無人의 고도孤島이다. 이 섬은 주위가 1,500미터밖에 안 되는 조그마한 섬으로서 전도全島 소나무 한 그루 없는 벌거숭이의 진흙산이다. 그리고 이 섬 어느 곳을 파보나 식수라고는 한 방울도 얻어 마실 수 없다고 한다. 명사십리로서 알려져 있는 갈마葛麻반도와 합진蛤津이라고 하는 두 갑륙岬陸이 삼면으로부터 이 섬을 포위하고 있으며 피차의 거리는 앞서 말한 바와 같이 소총사격도 가능할 지근至近 거리이기 때문에 전도가 완전히 적의 포구 앞에 노정露呈되고 있다. 말하자면 악조건이라고 하는 악조건은 골고루 모두 갖추고 있는 해상 진지인 셈이다. 우리들의 일행인 작곡가 윤용하 씨와 카메라맨 이씨, 그리고 동해부대의 정훈관政訓官 서윤태 소위는 부대장 윤영준 중령으로부터 간단한 상황설명을 들은 다음 일몰을 기다려 VP정(내화정內火艇)에 몸을 실었다. 마침 이날 황토도에서는 파편상을 입은 중상자가 생겨 우리들과 동승하게 되었다. 적포의 목표가 되기 때문에 주간晝間에는 절대로 왕래할 수가 없다고 서소위가 설명해주었다. 일행이 탄 VP정은 약 40분 동안 거센 파도와 싸우던 끝에 목적지 황토도에 다다랐다.

무전으로 미리 연락을 받은 부대장 장행신 중위와 선임장교 노재희 소위는 뱃머리까지 우리들의 일행을 영접해주었다. 두 사람이 모두 소년이라 하여도 과히 실례가 안 될 정도로 젊고 순진해 보이는 학도병 출신의 장교들이었다. 가는 몸맵시에 창백한 얼굴의 장중위는 총명한 지성의 사람이라는 인상이었고 눈썹이 검고 굳게 다문 입매를 가진 노소위는 일견 믿음직한 감을 주는 소년장교였다. 우리는 초면 인사를 마친 다음 중상자가 누운 벙커로 우선 달려 올라갔다. 등불이 희미한 호 안에 한 걸음발을 들여놓자 독한 공기에 섞여 피비린내가 푸욱 코를 쏘았다. 피투성이가 되어 혼도昏倒하고 있는 부상병들을 둘러싸고 그의 전우들이 근심스러운 눈초리를 그의 상처 위에 모으고 있었다. 바로 네 시간 전에 이 호 안에서 작열한 포탄의 파편 하나가 통기공通氣孔을 뚫고 들어와 마침 총기에 기름을 주고 있던 이 병사의 두부頭部에 박혔다는 것이다. 군의관은 익숙한 솜씨로 붕대를 풀러 상처를 헤쳐본 다음 머리를 내흔들었다. 그는 우선 핀셋으로 박혀 있던 파편을 꺼냈다. 물론 골절도 심했다. 십중팔구는 죽을 것이요 설사 목숨은 건진다 할지라도 병신됨을 면치 못할 그러한 중상이었다. 이제는 일루의 희망을 걸고 미함대美艦隊로나 보내볼 수밖에 다른 도리는 없었다. 부상자는 의식을 잃은 채 컴컴한 사면斜面을 내려갔다.

"싸움다운 싸움도 못 해보고 이런 부상자가 사흘 도리로 납니다."

대장은 침울한 표정으로 이렇게 말했다. "신경전이라고나 할까요. 그저 심심치 않을 정도로 하루 종일 포탄이 떨어집니다." 한 달 평균 천 발이니까 이 조그마한 섬에 하루에도 삼십 개나 되는 포탄이 떨어지는 셈이다. 그래서 해가 있는 동안은 좀체로 호 밖을 나다니지 못한다고 한다. "광산가鑛山家가 이 섬을 찾아온다면 손쉽게 부자가 될 수 있습니다. 전도全島가 포탄의 파편으로 덮였다고 해도 과언이 아니니까요." 그래도 대장은 이렇게 우스개를 한마디 한 다음 껄껄껄 웃어 보였다. 이러한 상태여서 대원들은 마치 박쥐모양으로 낮으로는 호 안에 들어앉아 있다가 땅거미가 질 무렵에서야 비로소 작업도 하고 입초立哨도 서고 한다는 것이다. 대원들의 혈색이 좋지 못한 것도 무리가 아니다. 대장은 우리 일행을 박격포 벙커로 안내한 다음 고단할 테니 편히 쉬라고 권해놓고 밖으로 나갔다. 그의 활동은 매일 그맘때서부터 시작되는 것이라 한다. 밤으로는 작업도 작업이려니와 간혹 안개나 끼고 달이나 없고 한 암야暗夜에는 적의 기습을 경계하기 위해서 신경을 날카롭게 하지 않으면 안 되기 때문이다. 이날 밤에는 옹글지는 않으나마 그래도 달이 떠 있어서 시야는 비교적 좋은 편이었다. 이것이 만약 달이나 없고 눈이라도 오고 하는 밤이라면 적대원이 바짝 긴장하여 잠 한숨 못 자고 날을 새워야 한다는 것이다. 박격포 벙커의 김하사는 우리들의 잠자리를 마련해주면서 "이렇게 외딴 곳까지 찾아와 주시느라고 얼마나 고생하셨어요"라고 말했다. 자기들이 겪고 있는 고생은 한마디도 말하지 않고 오히려 우리들의 수고를 위로해주는 것이다. 벙커는 'ㄱ'자 형으로 구축되어 있어 통로를 사이에 두고 양측에 두 개씩 여섯 개의 다락 침대가 마련되어 있었다. 좁고 얕은 굴속이나마 모든 것이 알뜰하게 정돈되어 있었다.

"정말 우리 대장님 같은 분은 없지요. 무슨 고생이건 사병들과 함께 겪어주시니까요." 잠자리를 보던 손을 멈추고 김하사는 혼잣말 비슷하게 이렇게 말했다. 우리들을 자기의 처소가 아닌 하사관의 호로 안내해준 것에도 다 까닭이 있었던 것이다. 대장은 하사관만도 못한 호에서 기거하고 있었고 부하들이 손질을 하려고 하여도 절대로 허락하지 않는다는 것이다.

"이렇게 솔선시범하는 것은 늘 부대장님의 방침이긴 합니다만 좀체 하기 어려운 노릇이지요."

윤작곡가는 큰 몸집을 쪼그리고 침대 위에 누워서 휘파람을 가늘게 불고 있었다. 어젯밤에 한가한 대로 한 편 만들어본 이 동해부대의 대가 隊歌에 곡을 부치고 있는 것이다.

한참 만에 한번씩 '쿵, 쿵' 하고 선포 쏘는 소리가 울려왔다.

"이 섬에 온 지 얼마나 되셨소?"

"네. 이달이 가면 16개월이 차는 셈입니다." 그는 태연스럽게 대답했다.

"무어요? 16개월이요? 그럼 1년 반씩이나 이 섬에 있었단 말이오?"

라이카에 매거진을 갈아넣고 있던 카메라맨 이씨의 눈이 휘둥그레졌다.

"그보다 더 된 사람도 쌨는데요. 뭐 아마 대장님도 저와 비슷하실걸요."

"그러면 그동안에 몇 번이나 후방에 가보셨소."

"여도麗島까지 한 둬 번 나가봤습니다."

그는 이렇게 말한 다음 무슨 유행가 한 곡조를 부르기 시작했다. 불만의 빛은 티끌만치도 보이지 않는다. 그늘진 구석 없는 영롱하고 천진한 그의 얼굴을 쳐다보았다. 그도 아직 스물을 한 두어 살밖에 더 먹어보이지 않는 소년이었다. 며칠 전 수송선이 도착하였을 때 한숨이 저절로 나오던 여도. 1년 반 동안에 그 여도까지 한 두어 번 나가본 것을 그는 다시없이 즐거운 꿈이나 꾸는 양으로 가만히 눈을 감고 회상하는 것이었다.

"참 적적하시겠군요."

막 입 밖으로 나오려 하던, 이러한 위로의 말을 다시 삼키고 나는 그대로 입을 다물었다. 실속 없는 빈말로 들릴지도 모를 이러한 위로의 말은 지나가는 말투로 해버리는 것이 주저되었던 것이다. 자리에 누워 몇 번이고 이리저리 뒹굴었다. 좀체 잠을 이룰 수가 없었다. 수많은 눈동자가 나를 둘러싸고 책망하듯 나를 노려보고 있는 것만 같았다.

날은 한 발의 포성과 함께 샜다. 손님이라고 해서 철모에 하나 가득 떠주는 물로 세수를 했다. 아침 식사는 미군의 레이션인 듯한 원나 소세지와 콘 비프를 간장에 조린 것이 반찬이었다. 양도 충분했다.

"신선한 야채가 없어서 그렇지 영양은 이만하면 충분하겠군."

이 말을 옆에 서서 듣고 있던 병사 한 사람이 '손님 대접하려는 성의나 알아주셔야지' 하는 표정으로,

"좀 차렸다는 것이 그 꼴입니다. 대원들이 골고루 그렇게 먹지는 못합니다."

이 말을 듣고 나는 자각 없이 무심코 한 스스로의 말을 심히 뉘우치고 얼굴이 화끈해짐을 느꼈다. 그러던 차에 대장 장중위가 들어왔다.

"아무것도 없어서 미안합니다."

"원, 아무것도 없다니, 갖다 드리지는 못했을망정 오히려 이렇게 폐만 끼치고 있습니다."

감격적인 윤작곡가가 받았다.

"그러면 포탄이 뜸한 동안에 OP에나 올라가보실까요?"

대장을 선두로 일행 세 사람은 산허리를 돌아 관측호까지 올라갔다. 날씨는 맑게 개이고 해상에 파도도 잔잔하였다. 해가 있는 동안에 마음대

로 작업을 못하는 까닭인지 관측호는 그리 튼튼해 보이지 않았다. 우리는 호 안으로 쭝그리고 들어가 망원경을 서로 돌려가며 대안對岸을 건너다보았다. 봉오리마다 흰 눈이 쌓인 산줄기가 우선 눈에 띈다. 왼편으로 합진이 뻗어 나왔고 오른편으로 갈마반도가 길쭉하게 뻗쳐 있어서 황토도는 마치 명사십리 흰 모래밭이 지척같이 건너다보인다. 장중위가 손을 들어 가리키는 조그마한 산봉우리 건너로 원산元山 시가市街의 건물도 보인다. 비행기 격납고 같은 건물이 두 채, 그리고 변전소였다고 하는 희고 큼직한 건물이 한 채, 시야정면으로 보인다. 망원경을 차츰 왼편으로 돌리면 붉은 흙이 나타난 사면을 끼고 종횡으로 파진 교통호도 볼 수 있다.

"군데군데 둥그렇게 구멍이 뚫려 있지요. 자세히 보면 괴뢰군들이 작업을 하고 있는 것도 보입니다."

그 말대로 호구에서 무슨 작업을 하고 있는 적군병사들이 역력히 안경알에 비쳤다.

"저것이 저놈들의 포대가 됩……."

장중위의 설명이 끝나기 전에 '꽝' 하는 폭음이 울렸다. 순간 눈앞에서 섬광이 번쩍 비치고 흰 먼지가 자욱이 끼었다. 반사적으로 나는 그 자리에 찰싹 주저앉았다. 사람이 어른거리는 것을 본 적敵이 이 OP를 조준하고 있는 것이 분명하다. 상기上氣한 나머지 일행의 다른 사람들이 어떻게 하고 있었던지 지금 자세히 생각나지 않는다. 나는 벌떡 일어나서 제일 가까이 있는 벙커 안으로 뛰어 들어갔다. 뒤이어 장중위가 들어왔다. 그러자 다시 한 번 '꽝' 하고 폭음이 울려왔다. 윤작곡가와 카메라맨 이씨가 어떻게 되었을까, 숨을 좀 돌리고 나서야 비로소 동료들의 안부가 걱정되기 시작하였다. 이어 두 차례의 폭음이 울리고 나서 한참 뜸한 틈을 타서 장중위가 관측호를 내다보고 와서 말했다.

"다른 곳으로 피하신 게지요. 저편에도 벙커가 있으니까요."

어제 부상한 병사의 생각이 문득 났다. 아무리 작은 파편이라도 맞기만 하면 팔 하나 다리 하나 문드러져 나가는 것쯤 예사요 잘못하면 그대로 가버리는 것이 일쑤다.

"자, 그럼 이 틈을 타서 OP 벙커로 가보시지요."

"그러기 전에 다른 사람들 안부를 알아보기로 합시다."

윤작곡가와 카메라맨 이씨는 생각했던 것과 같이 다른 벙커로 피해 있었다. 기담을 즐기고 성품이 뇌락磊落한 이씨도 지근탄至近彈에는 상당히 질렸던 모양으로 말수가 적어졌다.

"혼비백산한 모양이지. 저렇게 말이 없을 적엔." 윤작곡가가 놀려댔다.

한참을 뜸하던 포성이 다시 연달아 울려오기 시작한다.

"토마토, 토마토. 여기는 대동강, 대동강. 감도 여하 감이 있으면 응답하십시오. 오바. 수고하십니다. ××호 준비하시오. 준비되었으면 부르겠습니다."

피탄被彈 상황을 암호전문으로 고쳐 본부에 보고하고 있는 통신병들의 활약이 눈부시다.

본부로부터 걸려온 무전을 받고 있던 통신병이 갑자기 전화기를 놓고 돌아서서 정색을 하고 대장에게 보고한다.

"함대로 이송된 강수병이 오늘 아침 절명했다고 합니다."

"무엇?"

일순 긴장했던 대장은 고개를 푹 수그렸다. 나도 충심으로부터 묵도를 올렸다. '그러나 저 사람들은 이러한 나를 거짓으로 여기지나 않을까' 이런 의식이 자꾸 나를 괴롭혔다. 우리는 오늘로라도 이 섬에서 떠나 안온한 후방으로 또다시 돌아갈 사람들이다.

여기서 이 병사들과 함께 고생을 나누며 생사를 같이하지 못하는 것이 부끄러웠다. 금시에라도 숨이 막힐 듯한 분위기였다.

"전투다운 전투도 못해보고 이와 같이 한 사람 두 사람 부하들을 잃는 것이 제일 마음 쓰라린 노릇입니다. 라디오 하나 들어보지 못하고 일 년 넘어 굴속에서 살다 그렇게 허무하게 죽어간 놈을 생각하면 정말 가슴이 메어질 것 같습니다. 상륙하라는 명령만 있으면 그저……."

가냘픈 몸집 어느 곳에 그러한 기백이 숨어 있었나 생각되리만치 창백한 그의 두 뺨은 홍조하였고 목소리가 떨렸다.

"라디오도 없습니까?"

"네. 만사가 여의치 못합니다. 대원들 중에는 라디오 한 대만 있으면 일 년 이 년 이 섬에서 버티는 것쯤 문제가 아니라는 애들도 있습니다."

"그러니까 오락이라곤 아무것도 없는 셈이로군요."

"후방에서 오는 위문품이나 위문편지가 유일한 낙인데 그것도 석 달에 한 번 반년에 한 번 손에 들어오면 좋은 편입니다. 대원들의 마음을 분석해보지 않아도 나 자신부터가 그렇게 생각합니다. 물건의 질이나 다과多寡가 문제가 아니고 또 물건이 없으면 편지만이라도 자주 받아봤으면 하는 것이 솔직한 고백입니다. 요컨대 후방의 여러분들이 여기서 싸우고 있는 우리들을 잊지만 않으시면 저희는 그것으로 만족할 수 있습니다."

"부끄럽습니다. 저부터도 후방에서 안일한 생활을 하고 있습니다만, 싸우는 국민답지 못하게 사치를 하는 사람들을 보시면 대단히 불유쾌하시겠지요."

"아닙니다. 그렇지 않습니다. 저희들이 고초를 겪으며 이렇게 싸우고 있는 것은 후방에 있는 동포 여러분들을 평안히 사시도록 하기 위해서라고 생각합니다. 그것이 저희들의 유일한 자랑이라 하겠지요. 그런 일을 생각할 때마다 새로운 용기를 얻게 됩니다."

그는 조금도 꾸밈새 없는 담담한 어조로 이렇게 말을 맺었다.

"자 이선생, 거기 병사들이 나무를 깎아 만든 장기가 있습니다. VP가 올 때까지 편히 쉬십시오."

포격은 종일토록 계속되었다. 만내灣內를 유과遊戈하고 있던 미함美艦이 가끔 주포의 포문을 열어 이에 응수한다. VP는 수평선에 노을이 타오를 무렵에서야 왔다. VP에 오르려고 할 때 우리 일행에게 식사를 마련해 주던 어린 병사 하나가 손에다 무엇을 쥐여주었다.

"기자 아저씨, 이거 기념으로 가지고 가세요. 미군한테 얻은 거예요."

그것은 고무로 만든 원숭이 장난감이었다.

"이걸 이렇게 누르면 바람이 들어가서 원숭이가 춤을 추어요."

그는 고무줄 끝에 달린 동그란 고무방울을 눌러 장난감을 한 번 눌러 보여주었다. 나는 그것을 속 호주머니에 집어넣은 다음 말없이 그의 잔등을 두들겨주었다. 바위 위에 붉은 저녁노을이 아름답게 타고 있었다. 무엇인지 두 눈에 고였던 뜨거운 액체가 자꾸 흘러 떨어지려고 하는 것이었다. 나는 파카의 벙거지를 뒤집어쓰고 자연스럽게 얼굴을 가렸다.

거리가 멀어져 얼굴을 식별하지 못하게 될 때까지 그들은 무어라 소리치며 손을 흔들고 있었다.

— 《신천지》, 1953. 6.

영어

외국사람들이 서로 다퉈서 우리말을 배우게 되고 어떠한 자리에서든지 우리말로 그들을 대할 수가 있게 된다면 오죽이나 유쾌하랴만은 현실은 이와 정반대여서 누구나 행세를 하려면 우선 영어부터 배워놓고 봐야 하며 또 국제회의가 아닌 개인끼리의 대화에서라도 외국사람들을 대할 때에 한국말이 쓰이는 것을 본 적이 없다.

우리나라가 국제적으로 어떠한 지위에 놓여 있는가 하는 것을 생각해보면 이것이 피할 수 없는 현실임을 손쉽게 깨닫게 될 것이지만 한국사람 된 입장으로는 구슬픈 일이라 아니할 수 없다.

현실이 이러하기 때문에 커다란 경세의 포부를 지니고 있으면서도 단지 영어를 못한다는 한 가지 이유로 말미암아 그 경륜을 펼 기회를 얻지 못한 채 헛되이 야野에 파묻히는 사람이 있는가 하면 한편 속은 붕어 사탕 모양 비었으면서도 다만 영어가 유창하다는 까닭만으로 대각臺閣에 열列하는 사람도 우리는 흔히 본다.

남의 영달榮達을 탐내서가 아니요, 또 나에게도 개세蓋世의 야심이 있어서가 아니지마는 나 역시 영어를 하지 못하는 까닭으로 불편을 느낄 때가 대단히 많다. 배워본대야 이제는 이미 혀가 굳어서 마음대로 배워지지가 않는 것이다.

돌이켜보면 중학교에 들어 그 1학년 때에 깨친 알파벳이요 그후 대학을 나올 때까지 영어의 과목이 없어본 적이 없다. 그후에도 줄곧 영어로 쓰인 서책에 접해온 나다. 즉 20년 이상 영어는 나의 신변에서 떠날 사이가 없었던 셈이다. 그럼에도 불구하고 회화 한 마디 변변히 못하다니 딱한 노릇이 아닌가. 이것은 독해력에만 주력해온 과거의 외국어교육의 폐단이라고나 할까.

일전 몇몇 주붕과 더불어 맥주 한잔을 먹고 나서 다시 다른 곳으로 토주討酒하러 가던 도중에 있던 이야기다. 어느 길목에서 전을 벌리고 있는 밀가루떡 장수 앞에서 장난을 즐기는 동행 C 교수가 철판 위에 놓인 그 떡 하나를 집어 입에 넣었다. 나도 나도 하며 동행 네 사람이 제각 하나씩 집었다.

모두가 나이도 지긋한 양복쟁이들이었다. 그것이 컴컴한 밤거리니깐 망정, 그리고 한잔 술김이니까, 비로소 할 수 있는 장난이지 대낮 같으면 권해도 못할 일이다. 노랗게 익기는 했었으나 그리 훌륭하다 하지는 못할 미각이었다. 그래도 네 사람은 이놈을 우물우물 씹으면서 복에 겨워 웃어댔다.

그러던 판에 미군장교 두 사람이 지나가다가 우리들 앞에 걸음을 멈췄다. 그중 한 사람이 철판위에 나란히 놓인 그 밀가루떡을 손으로 가리키며 묻는 것이었다. 무엇으로 만든 것이냐는 뜻인 듯했다.

"Made of powder."

한 친구가 대답했다. 밀가루로 만든 것이란 말을 하려는 것이었다.

그 말을 듣자 다른 장교가 기성을 올리며 반문했다.

"Eh! powder?"

'Powder'란 가루는 가루라는 뜻이로되 화약이란 뜻도 있으며 특히 군인들에게는 후자가 먼저 머리에 온다는 사실을 우리는 잊고 있었던 것이다.

그러나 그렇다고 해서 다시

"Flour I mean" 하고 정정하는 것도 너무나 견식이 없는 노릇이었다.

이때 기지 있는 P 시인이 태연스럽게 대답했다.

"Yes, we are member of Suicide club. Won't you join us?"

(그렇다 우리는 자살구락부회원들이다. 어떠냐, 귀하도 가입해보지 않겠는가?)

다음 순간 이들 중령의 계급장을 달은 미공군 장교 두 사람이 혼비백산해서 뺑소니를 치고 만 것은 여기 부언할 필요가 없을 것이다.

— 《전선문학》, 1953. 6.

직업

환도 후에 새로 얻은 집으로 이사를 가고 나서 한 일주일쯤 되던 어느 날 파출소에서 순경 한 사람이 찾아왔다.

"주인이십니까? 호구조사를 하러 나왔습니다."

"네, 제가 주인입니다."

새로 한 장판에 콩댐*을 하고 있다 손을 멈추고 나는 이렇게 대답했다. 그는 순서에 있는 대로 호주의 성명 연령 등을 적은 다음

"호주의 직업은 무엇이죠?"

이렇게 물었다.

"글 쓰는 사람입니다."

"네?"

순경은 장부를 들여다보던 얼굴을 들고 의아하다는 표정을 지었다.

"글을 쓴단 말씀입니다."

이렇게 되풀이하는 나를 나무라는 어조로

---

* 콩을 사용해 도배를 하는 것.

"글쎄 농담은 작작하시구, 어디를 다니나 그걸 말씀하시오. 세상에 글 못 쓰는 사람이 어디 있겠습니까."

"네! 그럼 공군에 다닌다구나 적어두시구려. 말하자면 군속이지요."

"진작 그러실 거지. 에이 참, 바쁜 사람을 붙잡고……."

그러면 그렇지 하고 비로소 만족의 미소를 띠고 직업란에 '공군군속' 이라고 기입한 다음 그는 돌아갔다.

나는 다시 콩주머니를 집어들면서 곰곰이 생각해보지 않을 수 없었다. '종군문인'이란 명목으로 공군에 적이 있는 것도 정말이며 또 그로 말미암아 얼마간의 봉급을 받고 있는 것도 사실이다. 그러나 이것이 나의 직업일 수는 없는 일이 아니겠는가? 나의 직업은 역시 문인이다. 그러나 문제는 거기 그치는 것이 아니다. 순경은 문인이란 직업을 이해 못하고 농담으로 여겼던 것이겠지만 다른 각도에서 즉 글을 씀으로 해서 들어오는 수입만을 가지고 과연 지금까지 집안 식구들의 호구가 되어왔었는가 하는 점을 반성해볼 때 '그렇다' 하고 장담할 자신이 나에겐 없다. 그러면 어떻게 지금까지 살아왔는가? 누가 이렇게 묻는다면 나는 무어라 대답할 말을 발견치 못할 것이다. 살림을 지탱할 만한 항산恒産이 있는 처지로라도 다달이 들어오는 고정수입이란 것도 없다. 하기는 내가 공군에서 받고 있는 삼백 몇십 원이란 월급과 대차 없는 액수의 월급을 받고 정부의 대부분의 관리와 군인들이 남 하는 일을 버젓이 해나가면서 몸을 그 자리에 매고 있는 것을 보면 이것 역시 기적이란 감이 드는 것이지만. 그러나 무슨 자리에건 몸을 매고 있으면 신분에 상응한 부수입이 생기는 것도 사실인 모양이다. 그래서 나도 무슨 취직자리건 하나 구해봐야겠다는 뜻을 늘 품어왔다. 그러나 몇 해를 별러봐도 도무지 마땅한 자리가 나서지를 않는다. 월급을 받고 일을 좀 해보겠다고 청하면 으레 농담으로 돌리고 상대하여주지 않는 것이다. 이것은 모두 저 자신의 부덕의 소치요 재주가 박한 까닭이지만 요사이 와서는 세상의 박정이 적이 원망스러워진다.

일전 몇몇 문우들과 대포술잔을 둘러싸고 앉은 자리에서 호구조사의 일건을 피력한 다음 한바탕 웃었는데 그 끝에 이 취직 이야기도 화제에 올랐다. 취직난에 관한 이런 이야기 저런 이야기가 있다가 자리에 있던 황순원 씨가 한마디했다.

"영국에선 취직을 원하는 사람에게 그가 신봉하는 종교를 묻고 독일서는 우선 국가시험 합격여부를 묻고 미국서는 그 사람의 경험 연수를 묻는다는데, 일본서는 학벌을 먼저 본대!"

"그러면 우리 한국에선 무엇이 먼저 문제가 될까?"

황순원 씨는 이렇게 어리석은 질문을 하는 사람의 불민함을 비웃는 듯이

"원 사람, 그것도 여태 몰라. 누구의 소개장을 가지고 왔는가 그것 먼저 묻지!"

한바탕 또 웃음판이 터졌다.

"그것두 수필짜린데!"

이것은 내 말이다.

"그러면 그 고료는 나누어 써야겠군."

황순원 씨는 재료제공의 공을 이렇게 내세웠다. 세상에 아무런 비익裨益도 하지 않은 이런 글을 써서 반은 약간 금金을 들고 황순원 씨와 더불어 털레털레 선술집을 찾아드는 필자의 모습을 상상하시더라도 그것을 그리 크게 나무라지는 마시라.

— 《신천지》, 1953. 12.

문예창작과 단체운동
― 새 방향을 위해서

　문예창작 부문은 다른 예술분야와 달라서 단체운동의 필요성이 특히 적은 분야라 할 수 있겠습니다. 즉 창작하는 주체는 어쩔 수 없는 한 개인이며 그 개인이 창작한 작품은 인쇄를 통하여 독자와 직접 연결됨으로써 정신적인 공동감共同感을 조성하는 것이기 때문에 실제적인 단체운동이란 창작에는 없어도 무방하다고 할 수가 있는 것입니다.

　그런데도 불구하고 우리가 하나의 단체를 가지고 싶어했고 또 가져온 것은 문학의 발전을 위한 좋은 자극으로서의 상대와 같은 길에 종사하는 동지적 애정과 공동한 권익의 옹호를 위한 결속의 필요가 있기 때문이었던 것입니다.

　그러나 우리의 문화운동은 해방 후 격동하는 사상적 혼란기에 시작된 데다가 그것이 또 당시에 우리가 직면하였던 민족주체수호투쟁을 위한 공동전선이라는 지상명령 때문에 문화운동은 그러한 역량의 집중에만 급급한 나머지 정상正常한 체계를 가지지 못했고 돌발적이요 임시적이며 고식적이요 파행적인 혼잡한 조직을 면치 못했던 것입니다.

　더구나 해방 직후의 그 격심했던 이념적인 분열은 정부수립 후로는 자가自家 내부의 감정적 분열에서 이해관계의 분열로 이합과 출몰이 무상한 바 있었습니다만 오늘의 문화계가 부질없는 반목을 일삼기에 이른 것은 모든 문화단체가 이념과 감정과 이해에 대한 공동의 유대로 뭉쳐진 것이 아니고 도리어 상반된 감정과 이해가 한 단체 안에 복닥대고 있기 때문이라고 할 수 있는 것입니다.

이념과 감정과 이해의 그 어느 공동적 유대도 결여한 문화단체는 이미 그 정상한 존립의 의의를 상실하는 것이기 때문에 이상한 세력권의 형성과 문단정치욕에 대한 도취밖에 다른 능사가 있을 수 없다는 것은 여기에 재언할 필요조차도 없는 노릇입니다.

이렇고 보면 우리가 현하와 같은 변태적인 문화운동에 대해서 하등의 의의와 흥미를 느끼지 못하는 것도 무리가 아니겠습니다.

그러면 우리는 어떠한 발상 밑에 우리의 단체운동을 올바른 궤도 위에 올려놓을 것인가? 여기에 필자는 필자 자신이 해방 후 십여 년에 긍亘하여 겪어온바 경험을 통해서 다음 두 가지의 방안을 생각해보았습니다.

첫째는 문화단체를 분과별로 재편성하자는 기운을 조성하는 것입니다.

이렇게 한다면 적어도 동동유대의 결여에서 오는 폐단 내지 불합리만은 충분히 극복할 수가 있으리라고 생각합니다.

이것은 문예와는 다른 부문인 영화계 미술계 음악계 등에서 일찍이 선편을 친 바 있습니다만 문예부문에서는 수삭數朔 전에 발족한 한국시인협회가 훌륭한 실례가 되어주고 있는 것입니다.

둘째는 문화단체운동의 순화를 기도하여 먼저 그 운영의 민주화를 지향하고 불필요한 파쟁의 방지를 강구해야 한다는 점이겠습니다. 오늘날까지의 문화단체를 리드해온 인사들이 감투싸움에 영일이 없었고 추루醜陋한 기변술수機變術數에 의해서 차지한 감투를 발받침으로 과도官途에

오를 것만을 끊임없이 획책해왔다는 사실. 그리고 예술원 구성 당시의 타기唾棄한 거래상황 등을 상기하여주시기 바랍니다.

지금까지 문화단체운동을 그릇된 방향으로 이끌어온 사람일수록 일쑤 대공투쟁의 실적을 내세우고 있는 모양입니다. 그러나 과거에 있어 아무리 과감하게 공산당과 싸운 사람이라 할지라도 문화단체를 일신의 야욕충족의 도구로 삼을 정당한 이유는 갖지 못했을 것입니다. 백 명의 인명구조의 공이 있는 사람이라 할지라도 단 한 사람의 목숨을 해치울 권한이 없듯이.

상술한 바와 마찬가지로 문화단체를 분과별로 재편성하여 그 운용을 충분히 민주화한 다음엔 필요에 따라 각 단위단체의 공동협의기관을 두는 것도 좋겠고 그 산하에 작가권익옹호위원회 같은 것을 두는 것도 일 방안이라는 것을 부언해두겠습니다.

— 《평화신문》, 1957. 2. 28.

우표야화 1

―기원

우표의 기원에 관해서는 지금도 이론을 주장하는 사람들이 더러 있는 모양이나 세계의 최초의 첩부식貼付式 우표는 1840년 5월 1일 영경英京 런던에서 발행된 '페니 블랙'이었다는 것이 대체로 정설이 되어 있다.

당시의 여왕의 초상을 인쇄한 이 우표를 발명하여 실용에 옮긴 것은 로랜드 힐이라는 사람이었지만 이밖에도 말소인을 찍기 위해서 알맞은 크기의 종이쪽 뒤에 풀을 묻힌 것을 만들면 어떨까 하는 구상만 해본 사람으로는 단디의 책사 주인 제임스 찰머스, 스웨덴의 뢰레 웨베르그 대위, 그리고 오스트리아인 로렌스 코시일 등이 있다. 페니 블랙에는 현행되는 우표에서 보는 바와 같은 PERFORATION(시트로부터 잘라내기 위해서 찍어놓은 점공點孔)이 있어서 시트에서 한 장 한 장 잘라내기 위해서는 무수히 가위나 칼을 사용하지 않으면 아니 되었다.

우표에다 이 점공을 응용하면 편리할 것이라는 착상을 한 것은 아일랜드의 철도직원 헨리 아차라는 사람이었는데 기계를 만드는 데 필요한 기술상의 지식을 갖지 못했던 그는 이 점공기를 기사에게 위촉해서 제작하는 데 수개 년의 세월과 2천5백 파운드의 자금을 소비했다. 그후 그는 이 특허권을 정부에 넘기고 4천 파운드의 보상금을 받았지만 이 기계의 그후의 이용 상태를 생각해본다면 정부는 이때에 대단히 유리한 흥정을 한 셈이 된다.

최초의 우표가 발행되었을 때의 에피소드의 하나로 당시 이 우표에다 침을 묻히기 위해서 혀로 핥으면 설암이 된다는 소문이 퍼져 정부에서는 풀의 원료에 관한 분석보고서를 하지 않으면 안 되었었고, 또 문호 찰스 디킨스는 「영국의 풀의 비밀」이라는 수필까지도 신문에 발표한 일이 있었다고 한다.

— 《동아일보》, 1959. 2. 27.

우표야화 2
─ 종류

　우표의 종류를 살피기 위해서는 우선 우표의 정의부터 밝혀둘 필요가 있다. 우표를 광의로 해석 규정하는 사람은 금액이 인쇄된 포스탈, 스테슈나리 관제봉피 엽서, 봉투, 대지帶紙 등 우송되는 것 전반의 인편까지도 이에 포함시키고 있으며, 또 이런 것까지도 수집 대상으로 삼고 있는 것이 실정이지만, 보통 우리가 우표라고 생각하고 있는 것은 국가의 우편을 관장하는 관청이 우편물 위에 첩부할 목적으로 발행하여, 우편말소인으로 말소된, 또는 이미 말소된 첩부식 우편료 전납증지인 것이다.

　좁은 의미의 우표는 국가가 발행, 팔게 되어 있는 것이 보통이지만 국가가 회사나 개인에게 우표의 발행을 허가하고 이에 위탁하는 수도 있다. 허가위증許可委證을 받지 않고 회사나 개인이 발행한 우표는 사제우표라고 한다. 국가가 갖지 않은 우표에는 어떤 것이 있느냐 하면 우선 군대를 통솔하고 있는 최고지휘관이 발행하는 군사증표가 있다. 우표는 만국우편연합(UPU)이 인정해야만 국제 간에 사용할 수가 있게 된다.

　그러면 우표의 종류를 하나하나 들어 간단한 설명을 붙여보기로 한다.

• 보통우표―전 회에도 언급한 바와 같이 1840년 영국에서 발행된 세계최초의 우표 블랙 레니가 바로 이 보통우표다.

• 기념우표―세계 최초의 기념우표는 1887년 역시 영국에서 발행된 빅토리아 여왕 재위 50년을 기념하는 우표인데 이것은 반 페니에서 1실링까지의 구종九種이 한 세트를 이루고 있다. 이 우표에는 기념이라는 글자가 인쇄되어 있지 않기 때문에 윌리엄 씨는 제9회 독일연방 50년제 사격 프랑크푸르트 암 마인이라는 글자가 인쇄된, 1887년 10월 발행의 독일우표를 최초의 기념우표로 치고 있다.

즉 이 우표가 기념이란 것이 명시된 최초의 우표라는 것이다. 그러나 이 우표는 유감된 일로 지방우표이기 때문에 이의가 생길 여지가 없지는 않다.

― 《동아일보》, 1959. 3. 4.

불혹의 얼굴

"남성들은 나이 40이 되면 자기 얼굴에 책임을 져야 한다지요? 어느 책에선가 읽은 일이 있어요."

면도를 하느라고 거울을 대하고 있는 나에게 던진 아내의 말이다.

"또 앞니 해 박으라는 재촉이로군그래, 아침부터."

못쓰게 된 앞니 세 대를 뽑고 나서 반년이 넘도록 새로 해 박으려는 생각을 않는 게으른 나에게 아내는 무슨 빚 재촉마냥 조석으로 성화를 대온 것이다.

"소화엔 좀 지장이 있는 듯하지만 한편 남에게 어수룩한 인상을 줄 수 있다는 이점도 있단 말이야."

"이건 앞니 빠졌단 말이 아니라, 글쎄 무어라 할까, 말하자면 정신위생에 관한 이야기예요."

"건방진 소리 말어" 하고 미소를 짓다 말고 나는 면도질하던 손을 멈추고 곰곰이 거울 속을 들여다보았다.

불혹이라는 나이에 접어들었으면서도 아직껏 억천번뇌億千煩惱로 말미암아 안심지경에선 아주 먼 곳에 서 있는 못난 사나이의 주름진 얼굴이 거기 있었다.

나는 눈을 감았다. 진실로 외면이라도 하지 않을 수 없는 그러한 심정이었다. 이어 내 망막에는 평소 내가 좋아하는 고흐의 〈땡귀옹의 초상〉* 이 떠올라왔다.

수십 년의 쓰라린 풍상이 그대로 기름진 비료가 되어 고요한 안심의 꽃을 개화시킨 얼굴, 준열한 극기의 의지와 너그러운 관용의 도량, 그리고 날카로운 예지와 성직자와도 같은 겸허가 서려 있는 시정의 일 무명 화상畵商의 그 얼굴이.

앞날의 운수를 복卜하기 위해서 관상을 하는 일을 나는 믿어본 일이 없다. 그러나 하나의 인간이 인생 등반에 있어서 도달한 표고는 그 사람의 얼굴에 역력히 나타나는 것이라고 나는 생각한다.

내일 아침부터는 면도를 하는 몇 분 동안만이라도, 이 초상화와 몇 마디의 대화를 주고받을 작정을 나는 했다. 아침마다 그 노인이 나를 향하여 "아직 멀었어" 하고 고개를 내흔드는 한이 있을지라도, 그러는 동안에 나의 번뇌는 한 꺼풀씩이라도 벗겨져 나갈 것이 아니겠는가.

"당신도 더러는 그럴듯한 소리를 하는구려" 하고 나는 무연히 브러시를 들어, 비누거품을 다시 코밑에다 묻혔다.

— 《동아일보》, 1960. 2. 6.

---

* 〈탕기 할아버지의 초상〉으로 보임.

선거·인권·저항

― 그 값지고 아쉬운 것을 위하여

환도 직후였으니까 벌써 6년 전의 일이 되고 말았지만, 잡지사 문패를 보고 나의 사무실을 찾아 들어온 어느 일인日人 기자가 체한중滯韓中 견문한바 이승만 박사의 실정을 들추어, 한국의 독재국가화 경향을 말하며 나의 동의를 청했을 때, 나는 이 방객訪客이 어리둥절할 만큼 노한 어조로 그의 비례非禮를 나무란 다음 장황히 그의 의견을 반박한 일이 있었다.

그러면서도 나는 그때, 내 마음을 그렇게까지 불유쾌하게 만든 원인이 그의 비례에만 있는 것이 아니라 그의 의견이 너무도 정곡을 찌르고 따라서 내 박론이 군색할 수밖에 없었기 때문이라는 것을 부인할 수가 없었다.

나는 그때 겪은 그 초조감을 지금 이 순간에도 부끄러운 마음 없이 회상할 수가 없다.

6년이 지난 지금, 기본 인권을 두고 무슨 글을 써보려고, 우리가 처해 있는 이 비민주상非民主相에 생각이 미쳤을 때, 나는 내 마음에 부끄럽다 못해 슬퍼지는 것을 어찌할 수가 없고 그 슬픔은 다시 분노로 변질하여 내 가슴에 치밀려 올라오는 것을 막을 길이 없다.

선거는 끝내 한국의 치부일 수밖에 없는가

우리의 광복은 비록 그것이 우리 스스로가 싸워 이긴 결과가 아니고, 민족우방의 선물로서 얻은 것이긴 하지만, 우리는 건국 당초 민주주의를 국시로 내세웠고, 다른 민주국가에 비해서 손색없이 보이는 훌륭한 헌법을 우리의 것으로서 간직하게 되었다.

민주주의! 이 얼마나 매력적인 이름이냐. 우리가 민주주의를 생각할 때, 언제나 감개를 새로이 하게 되는 것은 왜제하倭帝下의 저 어두운 정치 기후와 뼈저린 억압의 기억이 아직도 우리 가슴에 사무쳐 있기 때문만이 아니다. 우리는 이 민주주의란 것이 기본인권의 보장과 비밀투표, 다수결 원칙을 조건으로 하는 공명정대한 선거, 이 두 개의 기초 위에 서 있는 탑이라는 것을 잘 알고 있다.

기본인권의 보장, 공명한 선거, 이 두 개의 기초 가운데의 하나만이라도 부실한 경우 이 탑은 그 자리에서 붕괴하고 마는 것이다. 그럼에도 불구하고 선거는 그 급을 막론하고 우리나라 최대의 치부라 일컬어져왔고, 거반去般 정부통령 선거시에는 그 반갑지 않은 정평을 마치 입증이나 하는 듯이 악랄한 부정이 정부와 여당의 손으로 감행되어, 민주 대한의 국제적 신용에다 또다시 커다란 부수負數 계정計定을 추가해놓고야 말았다.

악랄이라는 말을 나는 썼다. 쓰는 사람 자신의 품성마저도 의심받으리만큼 극단적인 이 말을 나 자신 심히 미워하는 사람이다. 그러나 우리가 지난 수개월을 통해서 보고 들은바 부정은 이러한 말을 가지고도 오히려 다하지 못할 만큼 그것은 극심의 도를 지나친 것이었다.

정적政敵에 대한 욕설과 중상, 선전방해, 이 정도는 자신이 없는 자의 발악이라 치고 민소閔笑나 하고 지낼 수도 있는 노릇이다. 그러나 야당계 참관인에 대한 협박, 등록접수 회피, 폭력으로써의 참관 방해, 노골적인 공개투표 등등에 이르러서는 이는 명백한 범죄 행위로서 우리는 도저히 이를 그대로 간과할 수가 없다.

우리는 기왕에 온갖 정치적 부정이 하나의 기성旣成사실이라는 이름 아래, 혹은 유야무야로 넘어갔고 혹은 군색하기 짝이 없는 논리로서 합법을 가장하여 과거장過去帳 속에 등재되는 것을 우리 눈으로 몇 번이고 보아왔다.

그러면 우리는 이번에도 이 어처구니없는 위장僞裝선거가 그대로 기성사실화하여 민주주의가 이 땅에는 끝내 정착하지 못하고 말리라는 슬픈 단정을 내려야만 할 것인가? 내 대답은 '부否' 한 마디에 그친다.

왜냐하면 민주주의란 꽃은 온실 안에서만 개화하는 것이 아니라 한랭혹서寒冷酷暑를 무릅쓰고 살아남아, 뭇 잡초들과 치열한 생존 경쟁에서 이겨난 다음 비로소 찬란한 꽃을 갖게 되는 것이라는 이 엄숙한 이치를 알고 있기 때문이다.

혹자 있어 우리 민도民度의 후진성을 말하고 자비로운 독재를 운위할지 모른다. 우리가 그들의 궤변을 힐난하기 앞서 그들의 심사心事 자제를 타기唾棄하는 것은, 그 패배적이요 자모自侮적이요 겁나怯懦하기 비길 바 없는 그 발상과 권력에 대한 추루무쌍醜陋無雙한 공리적 타협이라는 점에서다.

무엇을 겨누라고 맡겨진 총이었던가

겁나하면서도 공리적인 성인들이 여당의 폭력 앞에서 혹은 위축되어 고개를 수그리고 혹은 투항의 기회를 노려 눈동자를 부지런히 내돌리고 있을 무렵, 어린 학생들의 분노는 마침내 그 비등점에 도달하고 말았다.

처음에 대구, 2천 명을 헤아리는 고등학생들이 부정선거규탄의 기치를 내흔들고 데모를 감행했고, 이어 서울, 대전, 수원, 마산 등지에서도 연달아 학생들은 봉기했다. 원래 맨주먹으로 경찰봉과 총기 앞에 나섰던 것이었고 또 데모 이상의 아무 의도가 있은 것은 아니었기 때문에, 이 사태는 그때마다 그 자리에서 진압되긴 하였지만 여기에 특기해야 할 것은 관헌官憲들이 그들의 인권유린에 점정點睛이나 하듯이, 마산에서 어린 군중들의 가슴을 혹은 그 등을 겨누어 주저 없이 수평水平사격을 가함으로써, 수십 명의 사상자를 냈다는 사실이다.

언론인들이 이 비인도적인 처사를 힐문했을 때 여당의 모 유력인사는 "총은 쏘라고 준 것이지 가지고 놀라고 준 것은 아니야" 하고 가볍게 응수하고 말더라는 것이다. 이것이 만약 진심에서 나온 말이라 한다면 이것은 인간 이하의 바로 귀축鬼畜의 사고방식이지 인간의 그것이라 할 수 없겠고, 설사 그것이 평소 재담을 좋아하는 버릇에서 나온 농담의 한 가닥이라 할지라도 이것은 도저히 용서할 수 없는 방자한 방언이라 아니 할 수 없다. 나라를 바로잡자는 충정에서 마땅한 요구를 외치가다 바로 그 총알을 맞아죽은 아이만도 7명이요, 따로 수십 명의 중상자들이 바로 그 총상 때문에 생사지경을 왕래하고 있는 이 마당에 할 수 있는 소리가 따로 있을 게 아니냐 말이다.

발포의 책임이 있는 당국자는—폭동사건에 제하여 폭동의 주모자에게 해산을 명하여도 응치 않을 때 또한 진압하는 데 무기를 사용치 않고는 다른 수단이 없는 정황이 있을 때—라는 군정 경무부 훈령 제3조를 원용하여 발포의 합법성을 주장하고 있는 모양이다.

맨주먹으로 구호만을 외치고 있는 이 일단의 학생을 폭도라 규정할 수 있느냐 없느냐는 차치하고라도 사태가 비무장군중들에 대한 발포를, 더욱이 실탄의 수평사격을 가하지 않으면 아니 되리만큼 급박했었느냐

하는 의문을 우리는 누구나 갖지 않을 수 없는 것이다. 하물며 도망하는 학생들을 1~2백 미(∗. 미터) 근거리까지 추적한 다음 그 등 뒤에다 대고 무자비한 집중사격을 가했다는 데 이르러서는 모골이 송연해서 말문이 막히고 마는 것이다. 내 감각으로 한다면 이것은 집단학살이지 소요의 진압 따위는 절대로 아니다.

여기서 우리가 또 한 가지 주목해야 할 것은, 수용된 7구의 시체 외에도 5명의 행방불명자가 있고, 항간에는 몇몇 시체에다 돌을 매달아 물속에 암장暗葬을 지냈다는 풍문이 돌고 있다는 사실이다. 물론 문제의 시체들이 물속에서 발견되지 않는 한, 우리는 이 풍문의 진부를 가릴 수가 없다. 그러나 데모 당시 경찰에 피검되어 고문을 당할 때 고문의 하수자들로부터, '너 같은 놈 하나 둘쯤 없애버려도 흔적도 안 남아. 돌을 매달아 물속에 처넣어버리면 된단 말이야,' 이런 협박을 받은 사람이 있다는 말을 들으면 이들 행방불명자들의 운명에도 한 가닥의 검은 구름이 싸여 돌고 있음을 우리는 부정할 수가 없는 것이다. 그것이 그때는 비록 자백을 얻으려는 수단으로써의 협박에 불과했다손 치더라도 이렇게 끔찍한 발상을 할 수 있는 자들이고 보면, 그들이 때로 그들의 묘계妙計를 실행에 옮기지 않았으리라고 대체 누가 단언할 수 있겠는가 나는 묻고 싶은 것이다.

민권을 위한 저항권과 학생데모의 의의

전체 의사의 무류성無謬性의 제기가 즉 민주주의라고 우리는 일단 이해하고 있으나 기본인권에 한해서만은 이 전체 의사에조차도 우선하는 것이라고 나는 생각하고 싶다. 왜냐하면 한 개個의 인간의 최소한의 요구인 이 인권의 보장이 전체의 복지에 대해서 어떠한 해독을 가져올 수 있는 경우를 나는 도저히 상정할 수가 없고, 그 전체라는 것 자체가 이러한 기본인권을 저마다 요구하고 있는 단수의 집합체일 것이기 때문이다.

그리하여 인권에 대한 저항관념은 인민의 전체 의사로 향해서 개인을 해소解消함이 없이 전체 의사를 대표할 수 있는 정부에 대한 개인의 판단이나 평가를 언제나 유보시킬 수가 있는 것이다.

여기서 생각이 나는 것은 파업이나 시위 같은 것이 전연 허용되지 않는 공산주의국가의 사정이다.

우리는 이와 같이 기본인권에 대한 저항관념을 부당한 것으로 간주하고 있는 공산주의체제들을 가리켜, 바로 그 한 가지 이유만으로도 민주주의의 대극에 위치하는 것, 전체주의라고 부르게 되는 것이다.

인권을 위한 저항사상이 구체적인 운동으로서 나타난 것은, 우리나라의 역사만을 살펴봐도 결코 한두 차례가 아니었음을 우리는 곧 깨닫게 된다. 그러나 대한민국 건국과 동시에 기본인권이 법제화된 이후로는, 금번의 대중적 스케일의 학생데모가 그 효시라 하겠기에 나는 이 학생들의 과감한 반발 가운데 커다란 의의를 발견하는 것이다. 물론 오늘날까지 각종 언론기관을 통해서 권력과 그 권력이 저지른 부정에 대한 비판과 저항은 꾸준히 계속되어온 바 있었다. 그러나 그것은 그때그때 양심의 정서적인 승화에서 그쳤고 거기서 한 걸음도 더 나갈 수가 없었다. 따라서 이런 정도의 저항은 권력을 가진 사람의 냉소를 자아낼 이외에 이렇다 할 실효를 가져온 일이 없었던 것이다.

그런데 금번의 이 학생데모에 직면한 정부와 여당은, 강권強權 앞에서 양과 같이 온순하였던 피치자들의 분노가 그 극도에 달했을 때 그것이 어떠한 폭발력을 가질 수 있는가 하는 것을 현실의 사태로서 역력히 인식했을 것이고, 위축되었던 국민은 평화적인 시위를 할 수 있다는 스스로의 권리를 상기하여 반발에 대한 새로운 용기를 얻었다는 데 그 첫째의 의미가 있다.

학생데모의 의의로서 둘째 번으로 들 수 있는 것이 이 데모가 전국적인 어떠한 질서와 조직 아래 이루어진 것이 아니고 즉, 어떠한 기관의 사주에 의해서가 아니고 완전히 자연발생적이고 자율적이었다는 점이다. 이것은 즉 조작된 민의가 아니고 순수하고 거짓 없는 민의였던 증거이며 학생데모가 평가를 높일 수 있는 특색의 하나라 할 수도 있는 것이다.

— 《새벽》, 1960. 5.

제**3**부 평론

지향시비 志向是非
─시론

그렇다. 오늘날처럼 시가 절실히 요구되는 때는 없다. 그리고 오늘날처럼 사이비 시인의 무리가 시인의 이름을 참칭潛稱하며 기와를 가리켜 옥玉이라고 강변하는 때도 없다. 그리하여 친절한 시인은 다시금 계몽적 시법강의를 거듭하는 번煩을 피하지 못하게 되었던 것이다.

어느 장르의 시든 우선 시가 되고 보아야 비로소 문제되지 않는가. '판크로 필름'* 만치나 예민하게 시대정신을 받아들인다 하더라도 결코 이 대전제에서 벗어날 수는 없을 것이다.

그야 굶주린 사람에게 고전예술이 아무 충복充腹 작용도 갖지는 않았다. 헐벗은 사람을 위하여 라파엘의 「마돈나」가 장화長靴 대용될 리 없는 것은 재언할 필요도 없다.

그러나 만약 김용호金容浩 씨의 슬픔이 그와 같은 때에 잉태하였다 한다면 그것은 희극 이외의 아무것도 아니다. 왜냐하면 원래 시의 존재가치란 그런 데에는 있을 수 없기 때문이다.

| * 필름의 한 종류.

'레닌이즘'을 조술祖述하시려는 씨에게 과문인 나로서 이와 같은 말을 하는 것은 다소 참월僭越한 감이 없지는 않으나 경안炯眼의 레닌이 예술에 관하야 일찍이 다음과 같이 말하였다.

"프롤레타리아트의 예술은 그 프로성性을 완전히 양기하는 때에 완성된다." 이렇게 말한 레닌의 지향이 과연 나변那邊에 있었는가. 내가 주변없는 말로 사족을 가할 필요 없을 줄 안다.

「오텔·피모단」의 주인공에 관해서는 씨가 그 논문 속에 인용하시기 전에 필요한 고증적 조사를 게으르게 하기 때문에 씨의 논지를 도리어 혼돈 속에 끌어넣는 역할 이외 아무 효과가 없었다는 것을 지적하여 둔다.

김용호 씨로부터 영광스럽게도 '순수파'라고 이름 지워진 몇몇 시인들도 결코 시대정신의 맹목군群은 아니라고 생각하는데 논문이나 토론에 있어서 우선 개념어를 밝혀놓는 게 서로 이해하기 쉬우니까 문제되고 있는 시대정신을 정의하기로 하자.

"오늘날의 시대정신이란 운명공동체로서의 민족과 민족성을 옹호하려는 생명적인 요구이다." 그리고 오늘날의 인민이란 나는 되려 소수자가 아닌가 한다. 수數 이외의 요소로서 구성된 다수라고 정의하자. 지면이 적어서 비약이 많았으나 본론은 다른 기회에 쓰기로 하자. 그러나 될 수 있으면 김용호 씨여! 당신에게는 오갈파(汚渴派, 강희사전을 찾지 않아도 순수의 대어對語는 이것을 두고 없을 것이다)의 시를 변호하시느니보다는 이 한직을 포함한 모든 인민 복지를 위하여 싸워주실 다른 분야가 넓다고 생각하는 데 귀의여하貴意如何?

— 《경향신문》, 1947. 2. 20.

『퀴리 부인전』 신간평

하는 노릇 없이 분망하여서 번번히 독서할 틈도 없기는 하지만 공연히 여가가 있다 할지라도 제법한 독서는 못하는 요사이의 나로서 책을 받아드는 그 자리에서 한 권을 통독할 때까지 놓지 못할 것은 무슨 까닭일까. 나는 다시 한 번 생각하여본다. 역경에서 갖은 풍파를 겪어가면서도 불요불굴不撓不屈한 의지의 힘으로서 가냘픈 한 포기 촛불을 길러 찬연한 광명을 인류 사회에 도래한 퀴리 부인의 진지한 인간성이 점점 동요하려고 하는 나에게 준열한 반성을 촉구하는 때문이라는 것을 나는 지금 새삼스레 깨달은 바이다.

지금 우리나라 우리 사회에서 이 책으로부터 이러한 감명을 받을 사람은 나뿐일까. 학생이든 문학자든 혹은 실업가든 가정부인이든 꼭 한번 읽어보라고 권하였으면 하는 책이다. 책이 많이 팔리라고 흔히 쓰이고 있는 에누리 '북 리뷰'가 아니라 나는 진심으로 이 책을 추장推獎한다. 특히 역자 조벽암趙碧巖 씨는 시인인 동시에 소설가로도 높은 정평이 있는 분이지만 이 역업譯業에서 그분의 어휘가 풍부하고 또 그 표현에 있어서의 예민한 센스를 보고 다시 놀라지 않을 수 없었다. 씨는 영어본과 일어

본을 이 책의 텍스트로 삼았다고 겸손하였지만 나는 용어 등의 정확성이
제일의적으로 요구되는 아른 학술서적과 달라 불란서 원본이 이 경우에
반드시 필요하였다고 생각하지는 않는다. 돈벌이만 위주 하는 악서가 범
람하는 요즈음 출판계의 희소식의 하나라고 하겠다. (서울출판사 간, 상하
권 합 600혈頁, 값 각 400원)

— 《경향신문》, 1949. 2. 23.

로렌스의 연구

    D. H. 로렌스가 마지막으로 쓴 소설 『채털리 부인의 연인』에는 도합 3종류의 원고가 있다. 그중 작자가 가장 자유롭게 표현한 원고는 1928년 이태리 플로렌스에서 영어라고는 한 자도 식별 못하는 직공의 손으로 채자採字되어 상재되었다. 이 책 표지에는 작자가 손수 그렸다는 불사조가 장식되어 있다. 내가 아직 연소年少하던 학생시대 동경 근처의 어느 고서 전문점에서 우연히 이 책을 발견하고 무슨 보배나 얻은 듯이 기뻐하였더니 일본역譯에서 삭제된 페이지에 해당하던 페이지는 모두 처참히도 가위질당하여 책이 거의 3분의 1이 간 곳이 없었다. 하는 수 없이 있던 자리에 그 책을 도로 놓고 나오려고 하였더니 서점 주인이 넌지시 나를 불러 필요하면 삭제당한 부분을 타이프로 사본寫本해놓은 것이 있으니 갖다 보라고 하는 것이다. 그때 돈으로도 상당한 거액, 아마 내가 한 달에 책을 위하여 낭비할 수 있던 금액의 거의 곱절을 이 책 사는 데 썼던 성싶다. 고백하건대 남들이 못 보는 것을 보고 싶다는 막연한 호기심과 교양인 같으면 응당 타기唾棄하여야 할 그런 중류의 누심陋心이 나에게도 작용하였던 것만은 사실이다. 그러나 나는 그 이튿날부터 좋은 의미에 있어

서의 로렌스 신자가 되고 말았다. 로렌스는 행위의 작가이다. 모든 대인적對人的 고려를 벗어젖히고 인간의 행동만을 표현하는 작가에 있어 표현의 윤리라는 것은 문제도 되지 않는다는 것이다. 작품『채털리 부인의 연인』속에서 윤리란 티끌만치도 찾아볼 수 없다. 인간의 피〔혈액〕를 신앙하는 것을 자기의 종교 삼은 작자 로렌스는 이 작품 가운데에서 남녀 간의 교섭을 인류영속의 실태로서 아무 거리낌 없이 묘사하였다. 작자 스스로 불사조를 표지 위에 그려놓은 것이 이 작품의 운명을 암시한 듯이 발매금지 처분을 당하면서도 여러 가지 형태로 곳곳에서 출판되어왔다. 작자가 손수『채털리 부인의 연인』의 "제작여담"이란 제목하에 그가 이 작품에서 의도한 바를 표현하여도 일반은 작가가 대하는 그러한 의미로 받아들이지 않고 있다. 이 작품에 있어서는『아들과 그 연인』에서 보는 바와 같은 그러한 인간감정의 세밀묘사는 볼 수 없다. 인간이 자연 속으로 기어드는 것 같은 그렇게 담담한 묘사를 그는 이 작품에서 하고 있지 않다.

그 대신 작가는 직접 육체 속으로 파고드는 것이다. 그것뿐이다. 인체의 동작과 그에 관한 작자의 철학이 있을 뿐이다. 작자의 의도하는 바가 나변那邊에 있든지 간에 이러한 투의 보고를 작자가 부가한 철학에 부합하여 작자의 뜻 그대로 받아들이는 독자가 몇 명이나 있을지 큰 의문이다. 아무도 이 작품을 충분히 소개할 이유를 갖지 못하였으려니와 그것을 문자로 출판할 용기도 나에게는 없다. "현대는 근본적으로 비관적인 시대이므로 우리는 우리들의 세대를 비관적으로 보는 것을 거부한다." "우리들은 아무리 많은 위험이 있다 해도 기어코 살아나가고 말 것이다"고 작자는 우선 모두에서 선고하고 있다. 여주인공 콘스탄스 채털리의 경우도 그렇다. 대전大戰에서 부상하여 반신불구가 된 남편 클리포드와 함께 ×××령에서 거주하게 된 것이 그 여자의 숙명이었던 것이다.

영토 내의 사람들은 이 영주의 일족은 백안시하면서 탄광업에 종무從務하고 있다. 영주는 영주대로 인간사회에서 완전히 유리된 채로 살아나간다. 인류와의 교섭은 단지 문화형식뿐인 것이다. 그는 천성으로 타고난 재조를 구사하여 인간심리를 세밀히 분석 묘사한 작품을 가지고 문단의 명예를 획득한다. 그러나 클리포드에는 두뇌로 하는 생활이 있을 뿐 육체로 생활하는 참다운 인간생활은 없었다. 그리고 자기의 계통을 보지保持하기 위하여서는 방법여하를 가리지 않는다. 심지어는 그의 아내 콘스탄스에게 누구의 아들이건 좋으니 자기의 상속자 하나를 낳아 달라고까지 말한다.

작자의 말에 의하면 그가 이 작품 가운데서 이 ××××의 인간을 반신불수로 만든 이유는 무의식중에 현대문명의 결함을 표상하려고 한 것이라고 한다. 콘스탄스는 점차 불만을 느끼게 된다. 물론 육체적으로는 그는 26세의 건강한 여성이었다. 그는 남편의 간호와 뒤치다꺼리를 가정부인 노동자의 과부에게 일임해놓고 영지 내를 자유롭게 돌아다닌다. 극작가를 상대로 칵테일과 같이 감미한 성적 유희를 해보아도 역시 충분한 만족은 얻을 수 없다. 클리포드는 자기를 간호해주는 가정부에게 노동계급의 생활을 듣고 노동계급에 대한 흥미를 갖게 된다. 향락계급에 정이 떨어져 노동계급에 가까이 가보려고 하였으나 기계화되어 사랑을 잊은 그 사회에서는 지배적인 그를 받아들이려고 하지 않는다. 한편 콘스탄스는 우연한 기회에 알게 된 산지기 멜라스의 육체에 매혹되어 자주 그 산지기의 집을 찾게 된다. 그러던 중 그는 멜라스의 아이를 갖게 되어 클리포드에게 이혼을 청한다. 멜라스는 아직도 추근추근히 믿어지지 않는 태도로부터 ××하여 콘스탄스와 더불어 클리포드의 이혼 승락이 있을 때까지 기다리기로 한다. ××를 재촉하는 멜라스의 편지로써 종말을 짓는다. 작자 자신의 "제작여담"에서 작자의 의도한 바를 살펴보자.

"이 작품은 현대인에게 있어서 없어서는 안 될 소설이다. 다시없이 성실하고 건실한 작품이다. 당초에 독자를 놀라게 하는 문학도 만약 이 것을 진정한 교양인이 읽는다면 이 작품의 건강한 점을 곧 이해할 것이다. 참다운 교양이란 문학에서 오는 영향을 심적 추상적으로만 받아들이는 것이고 육체에까지 그 영향을 미치는 그러한 경솔한 태도는 결코 취하지 않는 것이다. 모든 인간행위가 이미 시험될 대로 된 지금 와서는 우리는 행위의 참다운 의의를 파악하여 좀더 깊고 위대한 행위를 위하여 노력하여야 할 것이다. 단순히 사상에만 치우칠 것이 아니라 참다운 행위를 하는 것이 ××사이다. 사상의 완성만을 예기豫期하고 근본을 망각한 현대문화란 뿌리를 대기 중에 둔 수목과 다름없다"고 로렌스는 말하고 있다.

육체와 신앙을 분리하고 난 이후부터 인류의 비극이 시작되었던 것이다. 현세의 인류비극은 때를 같이하여 탄생한 것이다. 인간재생의 문제를 결합하고 난 다음 비로소 인간재생이 이루어지는 것이다. 우선 우주에 대하여 다음에는 여성에 대하여 그다음에는 남성에 대하여 우리는 혈액의 관계에 있어 결합되지 않으면 안 된다고 한 그의 말이 곧 그의 '제작여담'의 주지인데 이것만을 들자면 그다지 신기스러운 점도 없다. 한걸음 더 나아가서 생각해보기로 하자. 사상적 결합만을 ××로 육체적 결합의 가부는 참작지 않고 결혼하는 것은 큰 화근이라 하지 않을 수 없다. 남녀 간의 참다운 결합이란 우주의 '리듬'에 합치하여 이루어진 것이 아니면 안 될 것이고 인간 혈액의 참다운 결합만이 참다운 결혼의 의의인 것이다. 인류를 소생시키기 위해서는 참다운 결혼을 건설하지 않으면 안 된다. 이것만이 인류를 영겁미래에 연결시킬 수 있을 것이다. 그러면 그 방법은? 하고 물으면, 로렌스는 "나도 그것은 모른다"고 대답할 것이다. 그는 다만 방향만을 가리키고 있는 것이다. 로렌스의 눈앞에는 언제나 한 개의 환영과 그 환영에 ××되는 한 세계가 있을 뿐이다. 그 두 개의 세계를 옳게 건너가는 것이 우리들에게 부과된 과제이다. 그리고 이것이 이단자 로렌스를 이 땅에 쓴 소금으로 활용하는 유일한 방법이다.

근자 출판계와 학문가들 사이에는 『채털리 부인의 연인』이 자주 화제에 오르는 모양이다. 우선 수지타산을 맞추어야 할 상인으로서는 확실히 현명한 혜안이다. 그러나 로렌스에 대한 참다운 인식과 성찰 없이 독자들 앞에 불쑥 이 소설을 내미는 것은 큰 모험이라 아니할 수 없다. 5년이 가까운 세월 걱정 속에서 먼지를 쓰고 있는 나의 역고譯稿를 선선히 상본上本 못하고 있는 것도 이러한 이유가 있기 때문이다.

— 《국도신문》, 1949. 9. 13~14.

『한국시집』 편집 후기

한국시의 침체부진에 대한 논의가 분분한 이때 한국의 시정신이 이 동면冬眠으로부터 깨어나 새로운 비상을 구상하려 한다면 그것은 스스로가 머물러 있는 정확한 위치를 겸허한 내성耐性의 눈으로 조용히 응시하는 데에서 비롯되어야 할 것이라는 생각에서 이러한 앤솔러지를 꾸며보았다. 이와 같은 형식의 시단 총결산이란 회상만을 위한 것이어서는 안될 것은 물론이겠지만 이 사화집을 모음에 있어 나는 특히 앞날의 발전을 위하여 현실을 파악 정리하는 데 유의하였던 것이다.

여기에 수록한 현존시인 90가家의 300편 가까운 작품들은 모두 각자가 자선自選한 것이었기 때문에 작품 선택에 있어서는 편자 자신의 호상好尙이 참여할 여지가 거의 없었다. 다만 수록범위를 재량 설정하는 것만이 편자에게 위임된 특권 같은 것이었는데 이것은 동시에 편자를 괴롭힌 가장 큰 난제이기도 하였다. 수록된 90가 시인 중에는 문단에서의 이름이 채 정해지지 못한 분도 몇 분 섞여 있다. 어떠한 권위의식이 구태여 이를 나무로 한다면 그것은 편자가 누릴 수 있었던 조그마한 자의恣意로서 용서를 빌 따름이나 이것은 또한 오늘날의 한국문단 자체가 지니고 있는 무질서한 일면이기도 하지 않을까. 채 일가를 이루지 못한 분들에게 무식견하다 할 만큼 조급하게 기성시인 대접을 베풀어온 것은 실로 한국문단 자신이었기 때문에. 그러나 옥과 돌은 각자의 실력과 시대의 흐름이 끝내 가려놓고야 말 것이라고 나는 굳게 믿는다.

그리고 또 한 가지 여기서 밝혀두고자 하는 것은 여러 가지 사정으로, 즉 이북으로 납치당하였다든가 소설이나 기타 장르의 문학으로 전향하여 현재는 시작활동이 끊어진 분들의 시도 몇 편 수록하였다는 점인데, 그것은 그분들의 과거의 창작작업이 오늘날의 한국시에 대하여 음으로 양으로 어떠한 영향을 미쳐왔다고 생각되기 때문이다.

20세기의 후반기 초를 획劃하여 한국의 시정신의 위치와 시단 분포상태를 있는 그대로 부감해보려는 의도에서 만든, 이를테면 한 개의 조감도라 할 수도 있는 이 사화집이 한국 사단詞壇 앞날의 현란한 전개를 위하여 무슨 도움이 되어준다면 그것이 바로 편자가 그간 쌓아온 조그마한 수고의 보람이라 하겠다.

끝으로 이 앤솔러지가 상본上本된 것은 출판계에 가로놓여 있는 가지가지의 애로를 무릅쓰고 이 출판을 쾌히 맡아주신 대양출판사 사장 김익달金益達 씨의 후의에서였다는 것을 밝혀두는 것이며 책이 나오기까지 끊임없는 성원과 협력을 베풀어주신 선배 친지, 그중에서도 특히 이설주李雪舟, 장만영張萬榮, 구상具常, 김윤성金潤成 등 제씨에게도 감사의 말씀을 드려둔다.

임진壬辰 동지冬至

어於 대구 석류헌拓榴軒

—『한국시집』, 1952. 2.

세계 농민문학 명저해설

『농민Ohtopi』, 레이몬트(Reymont-폴란드) 저

　포리나 집안은 리프카 부락에서는 부농이라고 소문난 자작농이었다. 포리나 마치아스는 나이는 이제 노경老境에 들어갔으나 아직도 기운은 정정하였다. 아내 마리아가 세상을 떠난 후로는 명랑하였던 집안 분위기가 갑자기 컴컴해졌고 맏아들 안테크는 제 돈벌이에만 정신이 팔려 부친인 포리나와 충돌하는 일도 드물지 않았다. 그리고 맏며느리인 한카는 몸이 허약하여 항상 신경질만 부리고 있었다.

　포리나 집안에서는 금년 추수 때에 어미 돼지가 죽고 오리 새끼들이 들까마귀에게 물려갔다. 그나 그뿐인가. 무엇보다 소중히 여기던 얼룩소가 풀을 뜯으러 국유림에 들어갔다가 누구에게 몹시 얻어맞고 간신히 집을 찾아 들어오긴 했으나 이놈마저 죽어버렸다. 얼룩소를 때려죽인 것은 영주의 산지기였다. 포리나는 배상금을 받기 위한 소송을 걸기 위해서 구장區長 피라에게 의논을 한다. 구장은 영주에게 호의를 가지고 있었기 때문에 슬쩍 화제를 다른 것에 돌려버리며 집안 살림을 맡길 만한 후처

라도 얻어보라고 권고한다. 포리나는 지금 쉰여덟 살이다. 지금까지는 후처 장가를 들 생각도 않던 그도 상대가 동리에서 미인으로 소문난 야구나인 것을 알자 사라졌던 정욕이 다시금 불타오르기 시작한다.

포리나의 혼담이 진행됨에 따라 아들 며느리의 반대도 노골화하는 것이었다. 특히 아들 안테크의 반대는 심했던 것인데, 그가 반대하는 이유란 표면으로는 계모 될 사람의 나이가 너무 젊다는 것이었지만 기실은 자기 자신이 전부터 그 야구나에게 은근한 생각을 두고 있었기 때문이었다. 그러나 야구나를 노리고 있던 사나이는 비단 안테크뿐이 아니었다. 서른이 넘도록까지 장가도 못 들고 동리에서 부랑자 취급을 받고 있던 마슈도 또한 야구나의 뒤를 따라다니고 있었던 것이다. 야구나와 포리나의 결혼은 여러 가지 장해에 부딪혔으나 마침내 포리나는 세 번째의 결혼을 하고 만다. 아들 안테크는 홧김에 집을 나가버린다. 이와 같은 일가의 분쟁에 덧붙여서 이 동리 전체의 사활에 관한 대사건이 일어났다. 그것은 동리사람들의 공유림이었던 영주의 산림이 동리 사람들도 모르는 사이에 어느 브로커에게 팔려버린 것이었다. 벌채를 하기 위하여 산으로 자작농, 노동자들, 남녀노소 할 것 없이 농민의 대집단이 제각기 막대기, 도끼, 낫, 등을 휘두르며 달려갔다. 늙은 포리나는 침착하고 냉정한 목소리로 호령을 불렀다. "우리들의 산을 지켜라" 하고. 그들은 영주가 풀어낸 기마대와 대전투를 한 끝에 포리나는 부상을 입고 쓰러져버린다. 봄이 왔다. 그러나 포리나는 병상에서 일어나지 못했다. 꽃내음이 훈훈하게 풍겨오는 어느 날 밤 그는 혼자 자리에서 일어나 밭으로 나와 자기는 씨앗을 뿌리고 있다고 여기면서 밭고랑 위를 헤매이다가 그대로 흙 위에 쓰러져 죽는다.

젊고 아름다운 과부 야구나의 주위에는 또다시 유혹의 손이 뻗쳐진다. 야구나는 야구나대로 분망한 성욕을 억제할 길 없이 안테크를 비롯해서 마슈, 구장, ××장이의 아들 등 뭇 사나이와 정을 통하여 차츰 윤락의 구렁 속으로 빠져 들어간다. 마침내 그는 동리사람들의 심판을 받게 되는데 그 자리에는 지난날 자기에게 열렬한 사랑의 속삭임을 하던 사나이들도 많이 섞여 있었으나 그날은 야구나를 위해서 한 변호의 말도 해주려 하지는 않았다. 야구나는 돼지거름이 가득 실린 짐마차에 얹혀 조소와 매×과 저주의 함성을 들으며 동구 밖으로 나가 신작로 위에 내던져진다.

　작자 레이몬트는 파란波蘭* 어느 빈농의 아들로 태어나 정규의 교육이라고는 거의 받지 못한 채 생활을 위해서 집을 떠났다. 그후 그는 일정한 직업도 없이 어떤 때에는 지방을 순회하는 극단의 배우 노릇까지도 해가며 이리저리 방랑을 하다가 그러한 고생 속에서 사회적 도덕적 모순을 통감하고 스스로의 안목을 성숙시켜나갔다. 그는 시엔키에비츠의 지도를 받고 문학의 길로 들어서 도회문명에 대한 불신과 토지와 농민에 대한 애정을 주제로 한 많은 작품을 썼다. 파란의 자연 거기에는 화가 밀레의 명화 「만종」을 연상시키는 풍경이 도처에서 볼 수 있어 이 작품 『농민』 가운데에도 그러한 정경이 박진 있는 필치로 묘사되어 있다. 그러나 그가 그리는 것은 대자연의 고요한 아름다움뿐이 아니라 그 속에 사는 인간들의 모습이 있다. 레이몬트는 냉철하게 관찰한다. 늙은 포리나는 그의 정욕을 억제하지는 못하나 그는 흙을 사랑하고 흙을 믿고 동리를 위해서 목숨을 바쳐도 뉘우치지 않은 대표적 농부이다. 야구나는 그의 미모와 분방한 정욕으로 말미암아 비극적인 운명의 길을 걷는다. 그러나 그에게는 미워하여야 할 구석이 하나도 없다. 레이몬트는 인간의 아름다움과 약한 마음, 욕망과 사랑과의 공존, 그리고 지주와 소작농, 자작농들

| * 폴란드.

의 일상시의 교섭, 그리고 이들 농민의 착종錯綜한 교향악을 새로운 구성으로 그려놓았다. 그는 이 4부작 『농민』(1904~1909)을 제작하기 전에 준비적으로 『정의正義』를 썼다. 『농민』 이후에도 『1794년』 등 심리소설이라 일컬을 만한 소설을 썼으나 모두 『농민』만 한 평판을 받지 못하였다. 그는 『농민』으로 말미암아 1924년에 노벨상을 받았다.

『흙의 혜택Markens Grode』, 함순Knut Hamsun 저, 서전瑞典*

한 사람의 농부가, 사는 사람도 없는 북쪽 광야를 헤치고 들어가 단신 개간에 종사하여 마침내는 그것을 대농장으로 발전시키는 이야기이다. 그는 맨손으로 이곳을 찾아왔으나 이탄泥炭**을 재료로 오막살이 한 채를 지어놓은 다음, 매일 잠잘 시간도 아껴서 일을 하여 나무도 해서 팔고 감자도 가꾸고 양도 기르고 하여서 오막살이나마 차츰 살기 좋게 해나간다. 그러다가 농부農婦 하나가 와서 아내가 된다. 그는 언청이라 얼굴은 비록 추하기는 하나 시집 올 때에 양과 소를 데리고 왔으며 사리에 밝고 똑똑한 여자였다. 이사크는 더욱더 농사에 정진하여 그들의 '세란로'는 점점 훌륭한 농장이 되어간다. 그들은 집도 새로 짓고 가축도 나날이 늘어갔다. 아내 잉게도 남편에게 지지 않고 아이를 낳는다. 경무관警務官 가이렐의 도움을 얻어 그들은 넓은 면적의 땅을 얻는다. 그러자 잉게는 세 번째 해산을 하는데, 난 아이가 자기를 닮아 언청이어서 그 아이를 눌러죽인 다음 밀장密葬을 하였다가 그것이 발각되어 8년형의 언도를 받게 된다. 그러나 그는 감옥살이를 하면서 글과 재봉기술을 배워 출감할 때

---

* 노르웨이.
** 석탄의 한 종류.

에는 한 대의 재봉틀과 찬미가 책을 장만해가지고 돌아온다. 유복한 대농장이 되고 각종 신식 농구도 구비되어간다. 이 광야에는 그들의 뒤를 따라 개발 농부들이 몰려 들어오기 시작한다. 게으름뱅이 브레데나 부지런한 아크겔. 그러자 이사크의 소유지에서 동銅이 나온다는 사실이 알려져 광산의 시굴試掘이 시작되고 광부와 상인들도 들어와 여기서 투기까지도 벌어진다. 여기서 일어나는 비희극悲喜劇, 잉게까지도 바람이 난다. 한동안 그러다가 광산의 시굴은 중지되고 상인은 파산하고 만다. 읍에 나가서 자란 이사크의 장남의 약한 성격과 동요. 그는 마침내 자립하지 못하고 미국으로 떠나간다. 그러나 이사크는 조금도 흔들리지 않고 거목과 같이 흙 위에 섰다. 한참 동안 바람이 났던 잉게도 이제는 완전히 마음을 잡아 이사크에게 순종한다. 차남 시벨르도 이제는 부친의 훌륭한 후계자로서 장성했고 여전히 부지런한 이사크는 더욱더 이 농장을 정비해나간다. 그리고 그들의 뒤에는 가이스렐이 있어 그들의 수호자가 되어 주고 격려자가 되어준다. 이리하여 지난날의 무인의 광야에 10호의 이주자가 들어앉아 옥토는 점점 늘어가는 것이었다.

이것은 웅대하고도 장려한 흙과 노동에 대한 찬가이며, 새로운 서사시이다. 이 작품은 1919년 발표되었는데 때마침 제1차 대전이 끝나 각국이 황폐하였을 때이다. 이 작품은 마치 농민의 복음과 같이 환영되어 이듬해인 1920년에는 노벨문학상을 획득하였다. 이 작품 가운데에는 극빈한 농가에서 태어나 반생을 노동과 방랑으로 지낸 다음 작가로서의 명성을 획득한 후에도 흙과 농사를 사랑하는 한 사람의 농부로서 자처하고 있는 작가 함순의 신앙과 체험, 그리고 시대에 대한 경고가 서술 묘사되어 있다. 새로운 농민문학은 이 작품에서 비롯되어 특히 독일에서는 많은 추종자가 나타났다. 철저적인 낭만주의자인 함순의 작품의 특징으로서 이사크가 너무나 이상화된 느낌이 없지 않고 일반적으로 현실을 포착하는 방법이 자연주의적인 입장에서 볼 때에 좀 안가安價하다는 비난을 받을지는 모르나 그런 만큼 전체에 풍부한 시제詩題가 감돌고 있어 이 작자 독득獨得한 강력 있는 필치가 독자의 마음을 여지없이 사로잡아버린다. 이 작자의 다른 작품으로는 『기아飢餓』, 『목신牧神』 등이 있다.

『대지』(펄벅Pearl S. Buck 저―미국, The Good Earth)

작가 펄벅 여사는 미국인이나 출생 4개월도 못 되어 당시 선교사였던 부친과 함께 중국으로 건너가 그곳에서 중국인 자제들 틈에 끼어 성장하였다. 17세 되던 해 봄 그녀는 고국으로 돌아와 잠시 동안 학생생활을 하였는데 학교를 마치자 자기도 선교사가 되어 중국으로 돌아가 남경대학 중앙대학 등에서 영문학을 강의하였다. 그러다 같은 남경대학에서 농업 경제를 담당하고 있던 로싱 벅 교수와 결혼하였다. 현재 그는 미국으로 돌아와 연달아 소설을 발표하고 있다.

그는 이 작품 『대지』를 발표함으로써 일약 유명하게 되었으며 1938년에는 노벨문학상을 타고 지금 와서는 현대 미국의 대표작가의 한 사람이 되어 있으나 『대지』 이외의 작품에는 그다지 출중한 것이 없다. 미국인인 그가 중국 사람을 이해할 수 있었고 그가 주로 동양을 작품의 주제로 삼았다는 점이 그의 작품이 실제 가치 이상으로 평가되는 원인인지도 모른다.

『대지』의 주인공 왕룽王龍은 가난한 농부의 아들이다. 그의 집에는 남과 같이 혼자금婚資金을 내고 새색시를 데려올 자산도 없었기 때문에 그는 하는 수 없이 대지주인 황씨 댁의 종을 하나 얻게 되었다. 결혼식이라고 해야 극히 간단했다. 신랑인 왕룽이 황씨 댁을 찾아가 신부를 데리고 집으로 돌아와서 이웃사람 몇을 청해다 술 한잔을 대접하면 되었다.

　그는 자기의 아내가 된 색시의 얼굴을 그쯤에서야 비로소 볼 수가 있었다. 그의 아내는 아란阿蘭이란 이름이었다. 아란은 확실히 미인은 아니었으나 선량하게는 보였다. 어쨌든 처음 여자를 알게 된 왕룽은 아무 불만도 없고 자기에게도 아내가 생겼다는 것만으로 한없이 기뻤다. 다행히 아란은 부지런한 여자였다. 말수가 없고 남편이 무어라 말을 붙여도 그저 두어 마디 대구對句할 뿐 항상 무표정했다. 그는 어릴 때부터 황씨 댁에서 종노릇을 하였으나 얼굴이 잘나지 못했기 때문에 여태껏 남자라고는 모르고 지내왔으나, 오늘까지 모진 매를 맞으며 사나운 부엌일을 하여온 여자였던 것이다. 그런 여자인 만큼 대지와 같은 인종忍從의 성격을 몸에 지니고 있었으며 끈기가 있었고 고집이 셌다. 그가 왕가로 시집온 후 내외가 그저 부지런히 땅을 팠던 보람이 있어 살림살이는 차차 늘어갔고 기울어지기 시작한 황씨 댁의 논을 조금씩 사 보태어 농사도 제법 커져가는 것이었다. 그러나 사내 둘 계집애 하나에 이어 넷째 아이가 나려고 할 때 이 지방 전체에 심한 흉년이 들었다. 논에 심은 곡식은 모두 마르고 먹을 것이 없어진 가난한 농민들은 풀이파리 나무뿌리까지도 캐어먹게 되었다. 제 자식을 잡아먹는 자까지 있다는 소문이 돌았다. 왕룽 일가는 다소 다른 농부들보다 낫기는 하였으나 지금까지 조금이라도 여유가 생기면 그것으로 곧 논을 늘려왔던 터이다. 논에서 한 톨도 추수가 없게 되고 보면 곤란한 것은 일반이었다. 얻어먹지를 못해서 극도로 쇠약한 아란은 간신히 넷째 아이를 해산하기는 하였으나 곧 제 손으로 눌러 죽여버린다. 이제는 정말 아사지경에 이르렀다. 그런 틈을 타서 논을 싼 값으로 사자고 찾아온 지주들도 있었으나 왕룽은 죽어도 논은 팔지 못하겠다고 거절해버린다. 그는 아란의 의견대로 논 대신에 세간살이를 모조리 판 다음 그 돈으로 기차라는 것을 타고 집안 식구가 모두 남쪽 어느 도시로 나간다. 거기서 왕룽은 차부 노릇을 하고 아란은 남의 집 문전에서 걸식을 하며 지낸다. 그러나 그것만으로는 다섯 식구가 겨우 입에 풀칠이나 할 수 있을지 앞길이 아득하였다. 왕룽은 토지에 대한 애착 때문에 초조하게 고향 생각을 할 때마다 아내는 "좀더 기다리면 좋은 수가 날 것이니 안심하라"고 말하는 것이었다. 과연 그의 말대로 그 도시에서는 전쟁이 일어나 빈민들은 그 틈을 타서 부잣집에 들어가 약탈을 하였다. 그 빈민들 무리에 끼었던 왕룽은 돈을 얻었고 아란은 보석을 얻었다. 그리하여 그들은 그 돈으로 고향으로 돌아와 또다시 흙을 파기 시작한다.

작자 벅은 『대지』에 이어 왕룽의 자손의 대를 그린 『아들들』, 『분열하는 집』 등의 속편을 씀으로써 3부작을 완성하였다.

— 《조선금융조합연합회》, 1953. 7.

리얼리즘의 의의와 그 역사

　문학용어로서 쓰이고 있는 '리얼리즘'이란 말은 현실주의라든가 사실주의라는 뜻으로 해석되고 있기는 하나 대단히 광범위한 뜻으로 사용되는 수도 있기 때문에 그 의의는 상당히 막연하다고 하지 않을 수 없다. 우리들이 거쳐온 각 시대를 통해서 볼 때에는 공상적이며 비현실적이라고 말할 수 있는 문학작품들이 있는 한편 이와는 반대로 현실의 사상에 대하여 더욱더 세심한 주의를 기울인 문학도 있는 것이다. 이와 같이 현실을 주의해서 관찰하고 여기에 충실하려는 문학경향을 우리는 '리얼리즘'이라고 부를 수 있다.

　예를 들어 말하자면 중세기 불란서의 서민문학인 풍자적 우화시라든가 17세기의 해학소설 등이 그 좋은 예라고 할 수 있다. 또 어느 시대의 전체적인 경향이 대단히 공상적이고 주관적이었는 데 비하여 그다음 시대에 가서는 이것이 현실적인 것으로 변하고 마는 것과 같은 일종의 교체현상도 우리들은 발견할 수 있는데, 이 후자의 경우를 리얼리즘의 시대라고 일컬을 수도 있다. 그러한 예로는 19세기의 사실주의가 있다. 잘 파악하고 있다고 말하는 것도 엄밀히 생각할 때에는 서양의 상징파의 어느 시인은 꽃병을 앞에 놓고 "이것은 무엇을 표현하고 있는가" 하는 자문을 하였다고 한다. 이와 같이 현실을 생각함에 있어서도 사람마다 처해 있는 입장에 따라서 다르다. 즉 상징파의 시인과 형이상학자와 일상생활을 상식적으로 영위하고 있는 일반시민과는 그 사고방식이 저마다 다르다는 말이다. 그러면 문학에서 말하는 '리얼리즘'이라는 것은 이들 중에서 대체 어떠한 사고방식 위에 그 기초를 두고 있는 것일까? 이 문제도 엄밀히 생각하면 대단히 어려운 문제이지만 과거에 있어 '리얼리즘'이라고 일컬어져온 문학경향은 철학적으로 혹은 관념론적으로 '현실이란 무엇이냐' 하는 의문 위에 그 기초를 두어온 것이 아니라 좀더 구상적인 의미에서 인간이 살고 있는 환경인 현실을 세심한 주의를 기울인다는 일이었다. 구상적인 현실이라고 하는 것은 우리들이 눈으로 보고 귀로 듣고 하는 사상, 다시 말한다면 감각적인 생활을 기초로 한 인생의 제상諸相인 것이다. 가난한 사람에게 있어서는 그날그날의 식량을 구득求得하는 것이 구상적인 현실이다. 그것을 그저 "배가 고프다. 나는 이렇게 굶주리고 있다"고 하는 추상적인 말로 호소하는 것보다도 그 생활을 관념론적으로 설명하는 것보다는 텅 빈 밥통을 보내주는 것이 더욱더 효과적이다. 어느 관념론적인 프롤레타리아 소설을 비평한 비평가가 "그러한 소설을 읽는 것보다는 노동자의 노모가 굶주리고 병들어서 기침하고 있는 그 기침소리를 듣는 것이 실감적일 것이다"라고 말했다고 하지만 이러한 것이 바로 '리얼리즘'이 지향하고 있는 길이라 할 수 있다.

구라파문학에 있어서 사실주의가 한 개의 뚜렷한 주장으로서 많은 문학자들에게 자각된 것은, 그리고 그러한 문학이 비약적으로 발달한 것은 19세기였다. 이 세기에 발달한 실증주의의 과학사상이 이러한 경향을 육성 추진시켰던 것이다. 작가는 과학적 방법으로 문학작품을 제작한다는 말까지 하는 사람이 있었다. 그러나 당시의 사람들이 과학적이라고 말한 것도 오늘날에 와서 생각해볼 때에는 정확한 의미에서 그러했던가. 여기에도 의문은 있다. 또 과학적이고 실증적이란 것만을 가지고 문학으로서 옳게 현실을 파악하는 태도라고 말할 수 있을는지 이것 역시 속단하기 힘든 문제이다. 발자크나 플로베르나 졸라 등의 작품이 리얼리즘의 훌륭한 문학으로서 통용한다면 그들의 작품이 구상적인 인간의 삶을 파악했다는 것이 근본이 되어 있어야 할 것이다. 그러나 그것은 어쨌든 이들 뛰어난 19세기의 작가들의 리얼리즘이 후세의 문학에 대하여 커다란 공헌을 한 것만은 사실이다. 즉 그들은 전 시대의 문학의 산만한 상상력을 통제하였고 현대의 생활양상에 주의하여 그와 같은 현대적 제상 가운데에서 부대끼고 있는 인간의 모습을 그리는 데 있어 그들의 특색을 잘 파악하여 오늘날의 문학에까지 그 영향을 미치고 있다. 그 이전의 17세기라든가 18세기의 구라파문학에 있어서는 대체에 있어 어느 시대에나 공통할 수 있는 '보편적인 인간'을 파악해보려고 노력하였다. 서구 리얼리즘문학은 인생의 특수적 사실만을 찾는 것이 아니라 한편으로는 그와 같은 보편적인 인간의 면에도 무관심하지는 않았다. 그러나 이 현대에 사는 인간의 특수상도 아울러 명백히 파악하려고 하였다. 꽃병을 앞에 놓고 "이것이 무엇이냐"고 자문한 시인과 같이 한 사람의 벌거숭이 인간을 앞에 두고 "이것이 무엇이냐"고 자문했다고 한다면 인간의 보편성밖에 파악할 수 없었을 것이다. 물론 그러한 문학도 있어야 할 것이다.

그러나 '리얼리즘'은 거기에서 인간탐구가 그치는 것이 아니라 현대의 이러이러한 환경은 인간에게 어떠한 특수상을 부여하느냐 하는 문제를 특히 취급한다. 그래서 그 인간이 살고 있는 환경 즉 사회조건이라든가 역사의 변화에 대해서 주목하지 않으면 그러한 것을 쓸 수는 없는 것이다.

한마디로 리얼리즘이라 해도 문학의 수법으로서 볼 때에는 시대에 따라서 모두 다르다. 구라파 19세기 문학의 '리얼리즘' 수법이라고 하는 것은 오늘날에 와서는 이미 고전 가운데 들 수 있는 것이지만, 20세기 문학에 있어서의 '리얼리즘'은 전 세기의 그것과 같은 성질의 것이라 할 수는 없다. 20세기는 전체에 있어 19세기 사상을 모든 각도에서 반성하고 엄격하게 비판하였기 때문에 19세기의 리얼리즘도 역시 그 비판대상이 되었다. 19세기 리얼리즘의 가장 큰 실적의 하나는 소설을 발달시켰다는 사실일 것이다. 말하자면 19세기 리얼리즘은 알기 쉬운 현대소설의 유형을 만들어놓았다. 이와 같은 정형定型에 대한 반동이 금세기 초에 나타났다. 더욱더 근본적인 사실은 19세기 리얼리즘의 지주였던 그 세기의 과학, 오늘날에 있어서는 낡았다고밖에 할 수 없는 과학사상에 대한 비판이 있었다. 특히 세기말의 편견적인 자연주의에 대한 비판이 가장 날카롭다. 자연주의문학은 인간의 생활을 외적 환경에서 미루어 설명하려고 하였기 때문에 생명 있는 능동적 인간을 마치 풍경묘사 가운데 놓인 정물과 같은 것으로 만들고 말았다. 이와 같이 그려진 인간들은 외계의 압박이라든가 필연에 대해서 저항하는 힘을 잃고 있는 것이다. 인간을 밖으로부터 일방적으로 설명하려고 하면 그렇게 될 수밖에 없는 것이다. 『여자의 일생』과 같은 소설의 여주인공은 환경으로부터 면해 나갈 길이 없다. 세기말 구라파에 침투했던 쇼펜하우어 등의 염세주의의 투영이 이러한 문학을 더욱더 컴컴하고 음산하게 만들어놓았다. 인간의 생명적인 것이 모두 그 자취를 감추고 외계묘사의 기교만이 세련된 문학이 되고 말았다. 초기 리얼리즘의 발자크나 스탕달에 있어서는 개개의 조그마한 사실에 주의하는 것 외에 직관적인 시대의 파악도 또한 따라 있었다. 플로베르에도 그것이 없었던 것이 아니다. 졸라는 발자크의 정신을 부활했다고도 말할 수 있으나 그가 말한바 과학 즉, 소설이라는 소박한 사고방법이라든가 의학의 법칙을 그대로 문학에 응용하는 등의 단순한 수법은 말기 리얼리즘의 다른 작가들에게 좋지 못한 영향을 미치게 되어 결국에 있어서는 자연주의의 파산이라는 결과까지 초래하고야 말았다. 어쨌든 발자크나 플로베르나 졸라 등의 리얼리즘과 오늘날의 작가들의 리얼리즘 사이에는 상당한 의견 차이가 있다는 것을 기억해두어야 할 것이다. 『종매從妹 베트』나 『감정교육』이나, 『선술집』 등은 19세기 사실주의문학의 전형적인 작품들이다. 그리고 『티보 가家의 사람들』이나 『인간의 조건』이나, 미국의 도스 패서스의 작품, 그 밖에 『나자裸者와 사자死者』 같은 것이 20세기 리얼리즘을 대표하는 작품들이다. 19세기에 있어서나 20세기에 있어서나 우수한 리얼리즘 작품에 일관해서 흐르고 있는 정신이란 것은 양자가 같다고 필자는 믿고 있는 것이지만, 작품을 다루는 수법상으로 본다면 거기에는 시대정신의 변화와 더불어 커다란 현격이 있다는 것을 깨달을 수 있다.

리얼리즘문학의 발전사를 더듬어보려고 한다면 이와 같은 문학정신을 낳아놓은 사회적 배경이라든가 환경 같은 것을 잘 살펴 생각할 필요가 있다. 문학사를 펼쳐보면 과거의 역사에 있어 사실적 요소란 대개 서민문학 가운데 엿볼 수 있다는 것은 부정하지 못할 사실이다. 중세의 우화시나 르네상스기의 풍자소설을 읽어보면 쉽게 깨달을 수 있는 사실이다. 이와 반대로 궁정을 중심으로 한 고답적인 문학에 있어서는 공상적인 연애소설이 많이 눈에 띈다. 근대사회에 등장한 중산계급은 일종의 양식가良識家들이라 할 수 있다. 이와 같은 중산계급의 상식이라든가 양식이 리얼리즘의 정신과 밀접한 연관성을 가지고 있다는 것은 간과할 수 없는 사실이다. 근대적 중산계급이 가장 일찍 발달한 영국에 있어서는 18세기에 있어 이미 현대의 사실소설이 탄생하고 있다. 즉 필딩이나 리처드슨 등의 작품이 그 좋은 예라 할 수 있다. 그리고 대륙을 중심으로 한 19세기 리얼리즘도 또한 이 세기에 있어서의 중산계급과 그 문화의 눈부신 번영 그리고 그 문화가 자아낸 비참과 언제나 병행하여 발전해 나갔다. 이리하여 중산계급이 지닌바 양식이라든가 실증적 정신은 리얼리즘의 정신과는 부즉불리不卽不離의 관계를 맺어온 것이다.

그리고 신흥중산계급의 사회에서 활약하는 새로운 형의 인간이나 거기에서 발생하는 사건이 끊임없이 문학 속으로 침투해 들어간 것도 또한 사실주의문학의 특색이라 할 수 있다. 그러한 것이 묘사되는 것이 역시 중산계급층의 독자들의 흥미의 대상이 되었던 것이다. "지금으로부터의 문학은 현대를 서사시적으로 묘사한 소설이 아니면 안 될 것이다"라고 말한 발자크의 착안점은 이러한 이유에 말미암은 것이다. 플로베르나 공쿠르의 시대에 이르러서는 자기만족으로 한참 배가 부른 중산계급사회의 인물들이 더욱더 세밀하게 관찰하게 되는 동시에 우습고 어리석은 것으로서 희화화되는 결과를 가져왔다. 더욱 나아가서 졸라에 이르러서는 중산계급의 고도에 달한 번영 융성이 묘사되는 동시에 포화상태에 이른 자본주의사회의 자연 산물로서 나타난 도시노동자라든가 실업자들의 비참한 생활에까지 시야가 확대되는 것이다.

19세기 리얼리즘이 주로 소설이라는 문학형식을 발전시켰다고 하는 것은 전술한 바와 같은 이유 때문에 주의하여야 할 사실이다. 그런데 이것은 이 세기에 이르러 과거의 거북한 고전문학의 형식으로부터 문학이 완전히 해방되어 산문으로 자유롭게 기록할 수 있는 문학이 활기를 띠었다는 이유도 있지만 사실을 있는 대로 묘사해나간다는 특질을 가진 리얼리즘문학의 형식으로서 또는 발자크가 착안한 바와 마찬가지로 현대사회의 서사시가 되려고 하는 의욕에 있어 소설이란 형식이 가장 적합하였던 까닭이기도 하다. 상식적인 표현으로 이를 설명한다면 소설은 미증유의 폭을 가진 현대독자들에게 이해되기 위해서 가장 알기 쉬운 문학으로서 발달했던 것이다. 사실상 19세기 사회문화에 있어서는 넓은 독자를 예상하지 않는 문학은 성립하지 않게 되었기 때문이다. 이런 점은 졸라도 또한 잘 인식하고 있었다.

물론 리얼리즘을 소설부문에 국한해서 설명하는 것은 옳지 않는 일일 것이다. 다른 문학형식에 관해서도 같은 시대에 같은 경향을 지적하지 않을 수 없다. 특히 연극에 관해서 말한다면 19세기 이후에 발흥勃興한 사실주의적 경향은 항시 소설의 리얼리즘 운동과 병행관계를 가지며 발전해 나갔다. 플로베르의 사실소설이 나타난 시기(1950년대)는 연극에 있어서 말한다면 역시 뒤마 피스나 오지에 등의 사회극 즉, '리얼리즘' 연극의 시기였던 것이다. 현대 신극운동의 최고의 봉화를 울린 앙투안의 '자유극장'은 많은 자연주의적 희곡과 각색된 졸라, 공쿠르의 소설작품을 상연하고 있었다. 동시에 입센, 톨스토이 등 외국의 희곡이 사실주의적 연출 아래 각광을 입은 것도 이 자유극장의 무대였던 것이다. 이 시기를 전후해서 잠시 동안은 연극으로 리얼리즘과 '내츄럴리즘'의 주류가 옮겨졌던 시기였으나 사실주의문학운동을 설명하기 위해서는 소설을 중심으로 이야기하는 것이 타당할 듯하여 앞으로도 소설의 발전경로를 더 들어나가기로 한다.

문학상의 리얼리즘은 각 시대의 사실주의적 경향이라고 말할 수도 있겠으나 구라파의 작가들이 자각적으로 리얼리즘을 채용한 것은 역시 19세기였다고 말하는 것이 옳을 것이다. 문예사조에서 리얼리즘이라고 말할 때는 이미 막연한 의미에서가 아니고 그러한 19세기 문학의 어느 시기의 특색을 가리키는 것이라 해석해야 할 것이다. 각국의 문학에 있어 그러한 특색을 지적할 수 있다고 하더라도 그중에서 불란서의 리얼리즘문학이 가장 명확한 윤곽을 가지고 있다. 이른바 이 불란서 리얼리즘이 다른 나라의 같은 문학 경향에 커다란 영향을 미친 원천이었던 것이다. 리얼리즘이란 말 자체가 불란서 문학사를 펼쳐보면 19세기를 양분하여 전반을 '로맨티시즘', 후반을 리얼리즘으로 명확하게 구분하고 있는 것을 발견할 수 있다.

1800년대의 전반은 불란서에 있어서는 서정시를 중심으로 한 시문학이 가장 성행했던 시기였다. 물론 소설이나 연극도 있기는 했으나 그것들은 모두 상상력과 시인적인 감수성이 강한 것이어서 리얼리즘의 정신과는 정반대의 것이었다고 말할 수 있다. 라 마르틴느, 위고, 뮈세 등의 시인, 그리고 이상주의적인 소설가 조르주 상드 등이 이 시기의 대표 작가들이었다. 그런데 1850년대를 경계선으로 하여 문학의 경향이 일신—新되었고 그 이후로는 현실주의적이고 사실주의적인 특색을 갖기 시작하여 이른바 리얼리즘으로 변모하였던 것이다. 졸라의 말에 의하면 1860년대까지는 "문학이란 주로 상상의 산물이었는데 그 이후의 문학은 사실을 그리는 문학이 되었다"고 한다. 빅토르 위고와 같이 낭만적인 작가도 60년대에는 『레 미제라블』과 같은 현대의 서사시를 썼다.

이러한 의미에 있어 리얼리즘문학은 발자크, 스탕달 등 현실주의적 작가들의 손으로 창시되고 준비되어 이 의종衣種은 플로베르, 공쿠르를 거쳐 졸라로 계승되어 내려갔다. 작품에 있어서는 플로베르의 『보바리 부인』이 발표된 날짜를 리얼리즘문학의 최초의 결정적인 승리라 치고 있다. 그런데 플로베르의 작품이 나타나기 이전에 이미 불란서에서는 리얼리즘 운동이라는 것이 약간의 문학자를 중심으로 행해지고 있었다. 그러면서 이 초기 리얼리즘 운동은 오늘날에 와서는 이미 잊어지고 말아 간단한 문학사에는 그 이름조차 찾아볼 수 없는 작가들에 의해서 행해졌다는 것은 자미滋味 있는 사실이라 아니할 수 없다.

그런데 이 리얼리즘이란 말이 예술상의 사실주의 주장을 위해서 처음 사용된 것은 문학에서가 아니고 회화에서였다. 리얼리즘 운동은 최초로는 회화사상에 나타났다는 것을 주의해두기로 하자. 그 운동이 중심

인물이며 리얼리즘이란 말을 쓰면서 그러한 주장을 한 것은 회화에 있어서의 자연주의자라 일컬어지고 있는 화가 쿠르베(1819~1877)이다. 쿠르베는 무엇이건 외계의 사물을 자기의 눈에 비치는 대로 그리고 거기에 조금도 상상력은 작용시키지 않고 자연의 모습을 과장하지 않을 것을 신념 삼고 있었다. 그가 그리는「목욕하는 여자」는 아카데미파의 화가들이 즐겨 그리는 그러한 미화된 여체가 아니라 우리들이 아무 곳에서나 흔히 볼 수 있는 뚱뚱히 살찐 여자의 나체들이었다. 이와 같이 사실적인 그림은 당시의 관전파官展派 화가들의 눈으로 볼 적에 너머나 비속해서 호감을 살 수가 없었다. 그러나 쿠르베는 자기의 신념을 굽히지 않고 묵묵히 사실적인 그림만을 그렸다. 제자들이 그에게 천사의 그림을 그리는 방법을 물었을 때, 그는 "군들은 천사를 본 일이 있는가? 없어? 그러면 천사 같은 것은 그릴 생각을 말고 매일 보고 있는 부친의 얼굴이라도 그려보지" 하고 대답하였다고 한다. 또 그는 리얼리즘이란 것은 "이상을 배제함으로써 성립된다"고 말하기도 하고 "미는 즉卽 추"라 하기도 하였다. 다른 화가들이라면 좋아하지 않을 그러한 화제일지라도 그것이 사실인 한 그는 서슴지 않고 무엇이든지 그렸다. 쿠르베의 대표적인 사실적 작품으로서, 또 회화 리얼리즘의 획기적 작품으로서 유명한 것은「오르낭의 매장埋葬」(1851)이다.

쿠르베의 작품은 관전에서 거절되었기 때문에 1855년에 그는 개인전을 열었다. 그때의 출품목록의 서문에는 리얼리즘의 주장이 당당하게 개진되어 있다. 이 서문을 집필한 것은 쿠르베의 친구인 문인 샹플뢰리 자신은 쿠르베가 회화에서 주장하였던 것과 같은 사실주의를 문학의 영역 내에서 역설하기 시작하였다. 그와 병행해서 듀랑티라는 사람이 같은 50년대에 《리얼리즘》이라는 제호의 잡지를 반년가량 발행하여 이 운동에 협력하였다. 그들이 주장한 리얼리즘은 어떠한 것이 있는가 하면

후의 자연주의시대에 졸라라든가 공쿠르 등이 주장한 바와 같은 명확한 이론이 아니고 지극히 막연한 것이었다. 19세기 전반의 낭만문학인 서정주의, 예술지상주의 등 경향에 대한 본능적인 반발이라 할 수도 있다. 문학이란 시인의 주관적인 혼자만의 감상이어서는 안 되며 더욱더 민중들의 생활과 접촉해 있어야만 할 것이다. 표현의 미 같은 것은 어느 정도 희생하더라도 진실에 도달해 있어야만 할 것이다─대체로 이와 같은 소설所說인 것이다. 또 듀랑티의 평론에는 "인간의 사회적 측면을 잊어서는 안 된다"는 주장이 여러 번 되풀이되고 있다. 대체에 있어 그후의 자연주의문학이 좀더 체계화하여 설명한 바와 비슷하였다. 그래서 졸라도 듀랑티 등의 선구자로서의 공적을 극구 칭찬하고 있다.

이와 같이 해서 플로베르나 공쿠르 등의 작품이 나타나기 전에 이미 리얼리즘 투쟁이라 불을 수 있는 운동이 일부에서는 행해지고 있었다. 또 이 운동 외에도 벌써 초기 리얼리즘이라고 말할 수 있는 사실적 작품들은 상당히 많이 쓰이고 있었다. 말하자면 풍속묘사소설 같은 종류의 것이다. 그러나 이와 같은 초기 사실주의의 작품들은 세인들에게는 등한시되어 쿠르베의 그림만 한 평가도 받지 못했다. 당시에 있어서는 리얼리즘이라면 악취미한 현실폭로 본위의 저급한 잡문학이며 특히 문체에 이르러서는 잡박雜駁하기 짝이 없는 비예술품이라는 것이 일반의 평이었다.

그런데 플로베르의 『보바리 부인』(1857)이 발간되어 소송문제로 말미암아 세평世評이 자자하던 끝에 작자가 승소하여 그 출판이 공소되자, 지금까지 백안시당하고 있던 리얼리즘이 일약 결정적인 승리를 거둔 것 같은 인상을 주게 되었다. 작자 플로베르는 예술가적 결벽에서 샹플뢰리 등의 리얼리즘 운동은 오히려 싫어하고 있었다. 『보바리 부인』을 쓴 것은 샹플뢰리를 비꼬기 위해서였다고 평하는 사람조차 있다. 그러나 이 소설이 발간되자 샹플뢰리는 곧 찬사를 써 보내고 자기들의 주장이 훌륭하게 형상화되어 작품으로서 실증된 것을 기뻐하고 있다. 어쨌든 비예술적이라는 이유로 말미암아 지금까지 비난을 받아오는 사실주의가 플로베르의 작품의 뛰어난 예술성으로 말미암아 일체의 비평을 침묵시켜버렸던 것이다. 이후 리얼리즘문학의 진로는 다소의 저항은 있었으나 대체에 있어 순조로웠다. 이리하여 공쿠르, 졸라를 거쳐 세기말에 이르기까지 전개해나가는 것이다. 반대의 입장에서 사실주의를 비난 공격하는 세평은 그치지 않고 현실폭로적인 이 일파의 문학에는 위정자로부터의 상당히 엄한 취체取締도 계속되었다. 불란서 사실주의를 평하여 어느 평론가가 리얼리즘은 종시 반대당의 문학이었다고 평한 것은 일리가 있는 말이라 아니할 수 없다. 샹플뢰리의 무해한 작품조차 여러 번 검열에 걸렸고 『보바리 부인』은 기소까지 되었다. 그리고 졸라가 '루공마카르 총서'를 저술하여 제2제정기를 비판하기 위하여서는 보불전쟁으로 제2제정이 붕괴시까지 기다리지 않으면 아니 되었다. 〈차호次號에 계속〉

—《협동》, 1954. 2.(통권 42호)

상실된 세대와 현재
─미국편

상실된 세대

　우리나라에서는 근년에 와서야 비로소 '모더니스트'라고 칭하는 일군의 젊은 문학자들이 나타나 세대를 논하며 새로운 문학영토 개척에 대한 노력을 개척하였으나 미국에 있어서는 제1차 대전 후 '전후의 세대'라는 말이 유행되어 이 세대에 속하는 사람들 가운데에서 다음 시대를 대표하는 시인·작가들이 배출하였다. 원래는 미국 출신이면서 일생의 태반을 파리에서 지낸 여류문학자 거트루드 스타인은 이 세대를 명명하여 '상실된 세대'라 하였다.

　'상실된 세대'라는 것은 1890년에 출생하여 대체로 1918년 전후에 대학을 마친 다음 세계대전을 몸소 겪은 일군의 문학자들을 일컬어 말하는 것인데 이 사람들은 참전을 계기로 대개 구라파에 정착하였고 일단 귀국했던 사람들도 1920년 내에 다시 구대륙으로 돌아간 사람이 많았다. 공식주의적으로 말한다면 전쟁과 구라파문화의 영향이 이 세대의 특질을 형성한다고 하여도 좋다. 이 사람들은 전쟁의 결과로서 정치에 대하여 신뢰감을 잃고 사회에 대한 적극적인 관심을 가질 수 없이 되어 전후의 혼란 가운데에서 인생의 방향을 상실하고 만 사람들이다. 이 사람들은 이와 같이 모든 것을 잃고 나서 자기만을 유일한 지주로 삼으며 살아나갈 방도를 찾아보려고 하였던 것이다.

문학에 종사하는 자는 창작을 통하여 개성을 표현하는 것이 인생의 주요 목적이라고 생각하며 그들은 가지가지로 문학적인 실현을 꾀하여 보았다. 전쟁 중 이상하게 흥분한 그들의 감각은 일상생활에 있어서 평범한 것에는 만족하지 못하였기 때문에 모두가 보다 강렬한 관능적 자극을 술과 여색 가운데에 추구하였다. 그와 같은 찰나적인 생활을 되풀이하고 있다가 그중 어느 사람은 도로 평범한 생활로 돌아가기도 하고 또 어느 사람은 자살함으로써 자아를 완성한 사람도 있었으나, 일부 어느 사람은 방법은 다르나 새로운 문학 가운데에 자아를 표현하는 데 성공하였다. 이것이 이른바 제1차 전후문학이다.

이 '상실된 세대'에 속하는 저명문학자를 열거하면 대체로 다음과 같다. 소설가로서는 스콧 피츠제럴드, 손튼 와일더, 루이스 브롬필드, 시인으로서는 E. E. 커밍스, 하트 크레인, 아치볼드 매클리시, 평론가로서는 에드먼드 윌슨, 말콤 카울리 등인데 여기서는 이들 가운데에서도 가장 중요한 작가로서 어니스트 헤밍웨이(1899~), 윌리엄 포크너(1897~), 존 도스 패서스(1896) 등 세 사람들 들어 소개하기로 한다. 이중에서도 가장 문제가 되는 것은 헤밍웨이다. 그는 미국문단에서 헤밍웨이 시대를 형성하였다고 일컬어지고 있을 정도로 커다란 영향력을 가진 작가로서 영미 양국의 젊은 작가치고 정도의 차이는 있으나마 그의 영향을 받지 않은 사람이 없다. 그는 1차 대전에 출정하여 이태리 전선에서 부상하였는데 전후 1926년에 장편 『태양은 다시 떠오른다』를 내놓았다. 그는 이 소설에서 인생의 방향을 잃고 다만 육체적인 감각에서만 사는 보람을 발견하려고 주색의 그날그날을 보내는 '상실된 세대'의 모습을 여실하게 묘사하였다. 그가 1929년에 발표한『무기여 잘 있거라』는 전쟁소설로서 헤밍웨이의 대표작이다.

미국의 일청년一靑年이 오이墺伊 전선에서 부상병 운반차의 운전수로 근무하고 있을 때 '존므' 회전會戰에서 약혼자를 여윈 영국의 일여성과 서로 알게 되는데 두 사람은 자포자기적인 심경에서 간단히 육체관계를 맺고 만다. 그후 독일군의 총공격으로 말미암아 이태리군이 밀려 총퇴각을 개시하였을 때 남자는 간첩혐의를 받고 총살을 당하려고 하다가 겨우 위기를 모면하고 여자와 더불어 서서瑞西로 도망하여 그곳에서 잠시는 행복한 날을 보내고 있다가 여자가 난산으로 죽어버리고 만다는, 말하자면 전쟁을 배경으로 한 연애의 도피행을 그린 것인데 이 작자의 독특한 비극적 인생관을 엿볼 수 있다.

그후 헤밍웨이는 1940년에 대작『누구를 위하여 좋은 울리나』를 제작함으로써 죽음의 의미를 추구하였고, 다시 10년 후인 1950년에 오래간만에 쓴 장편소설『시내를 건너 수풀 사이로』를 발표하였다. 이 신작은 한 사람의 노장교老將校를 주인공으로 하여 담담한 필치로 인생의 비애를 그린 것이다. 비평은 그다지 좋은 편이 못 되었으나 이 작품을 에워싸고 분분한 시비가 있는 것을 보면 헤밍웨이라는 작가가 여전히 문단의 문제적 인물이라는 것을 알 수 있다.

헤밍웨이가 작품 가운데 취급하는 인물은 찰나적인 쾌락을 이 육욕의 충동이 명령하는 대로 행동하는 종류의, 말하자면 인생에 대한 신념을 상실한 사람들이거나 그렇지 않으면 육체적인 용기나 원시적인 극기심의 소유자들인데, 이러한 인물들은 등장시키는 작자의 의도는 전후의 허무감으로부터 모든 허위를 배격하고 허위벽을 버린 다음 굳세고 씩씩하게 살아나가자고 하는 데 있는 듯하다. 이러한 점에 헤밍웨이의 독특한 작풍이 가로놓여 있다고 하겠다.

헤밍웨이는 불필요한 수식어를 극력 피하고 짧은 센텐스와 단철어를 쓰기 좋아한다. 주로 감각 특히 시각에 호소하는 묘사가 그의 장기이다. 대단히 담담한 스타일이 그의 특징인데 이 스타일이 다른 작가들에게 커다란 영향을 주었던 것이다. 그러나 일견一見해서 모든 감상을 버린 듯한 그의 스타일이 그 배후에 의외로 낭만적인 그의 태도가 때로 엿보이는 수가 있다는 것을 잊어서는 안 될 것이다.

저번에 노벨상을 받은 포크너는 남부 미시시피 주의 부가富家에 태어난 사람인데 그가 루이스나 헤밍웨이(중서부 일리노이 주 출신)들과 달리 남부의, 그것도 일류 명가의 자손으로서 태어났다는 사실은 그의 문학의 세계도 규정하고 있다. 헤밍웨이와 마찬가지로 제1차 세계대전에 참가하여 비행기 사고로 부상까지 입었다. 1926년 처녀작 『병사兵士의 급료』를 발표한 이래 오늘에 이르기까지 『성단聖壇』, 『야성의 종려』 등의 대표작까지 포함하여 열세 권의 소설을 간행하고 있는데 모두 남부의 특수사정을 무시하고는 생각할 수 없는 작품들뿐이다. 그는 한 사람의 양심적인 백색인종으로서 그의 조상들이 같은 인간인 흑인들을 노예로서 사용하였다는 이유로 이 남부의 사회가 저주받은 사회라고 생각하고 이 사회의 퇴폐면을 그려내려고 하였다. 그래서 그는 남북전쟁을 계기로 급각도急角度로 몰락한 귀족계급(그 역시 그 귀족계급출신이다), 그 대신으로 대두한 상인계급, 가난한 백색인종, 기타 남부사회를 구성하고 있는 전형적 인물들을 취급하는 한편 퇴폐의 구체적인 표상으로서 살인·폭생·자살·간통 등 이상한 사건만을 묘사하였다. 이러면서 그는 문학상 대단히 대담한 실험을 시도하고 있다. 예를 들면 작품의 구성 같은 것도 물리적인 시간의 흐름을 따르지 않고 현재로부터 과거로 소급한다. 즉 작품에 있어 필요한 소재를 미리 충분히 준비해놓았다가 그것을 처음부터 그려 나가는 것이 아니라 결말로부터 전개하기 시작하는 것이다. 수법에 있어서는 소위 '의식의 흐름'을 자주 사용한다. 이러한 점은 구라파의 전후문학의 어느 경향과도 공통된 점이라 할 수 있다. 문장은 문장대로 특징이 있어 헤밍웨이와는 반대로 음향이 미끄러운 라틴어 계통의 단어를 사용하고, 대체로 호흡이 긴 문장을 쓴다. 포크너가 예술파이니 수사가修辭家이니 하는 평을 받게 되는 것도 이러한 이유에서이다. 그의 작품 가운데 나타나는 인물이나 사건들은 모두 확실히 이상하고 병적이고 퇴폐색이 농후한 것들이지만 현대 미국문학 가운데 그만큼 작품다운 작품을 만들어낼 수 있는 작가도 드물다.

도스 패서스도 또한 전쟁에 직접 참가했던 작가 가운데의 한 사람이다. 그는 1922년 전쟁과 군대의 허위를 폭로한 전쟁소설『3인의 병사』를 발표하고 문제가 되었었는데 그의 문학의 특질은 그 4년 후에 발표한『맨하탄 조차장操車場』에 비로소 나타난다. 이것은 소위 무無-플롯 소설인데 19세기 말부터 1920년대 초에 걸친 시대를 배경으로 하고 두 남녀를 중심으로 부평초와 같은 생활을 영위하는 많은 사람들의 무리를 점출點出하여 근대도시 뉴욕의 단면도를 그려놓고 기계문명하에서는 인간성을 상실하지 않을 수 없는 현대인의 운명을 취급하였는데, 그는 이 소설을 제작함에 있어 소위 '불연속의 수법'을 구사하여 인물이나 장면이나 사건을 모두 단편적으로 묘사하고 있는 점이 주목된다.

여기에서 볼 수 있는 실험적 수법을 한 걸음 전진시킨 것이 대작『U. S. A』이다. 이 소설은『북위 42도』(1930년),『1919년』(1932년),『대금大金』(1936년) 등 3부로서 구성되어 있어, 금세기 초두에서부터 1920년대 말엽에 이르는 시대, 다시 말하면 미국자본주의가 성숙하여 영원의 번영을 자랑하게 된 시대를 배경 삼고 시대의 힘으로 말미암아 변롱飜弄되는 12명의 남녀의 인생을 묘사하면서 자본주의 사회를 날카롭게 비판하였다. 작자는 이 작품 가운데서 세 가지의 실험적 수법을 사용하고 있다. 그것은 즉 신문의 표제, 유행가 등을 몽타주한 뉴스 릴, 카네기, 에디슨 등 역사적 인물의 소묘素描, 그리고 작자 자신이라고 생각되는 어느 인물의 내면적 자서전 '카메라 아이' 등이다.

이 세 가지의 새로운 수법은 시대의 배경을 명백히 하는 동시에 작품의 폭을 넓게 함으로서 작자가 의도하는 효과를 충분히 나타내고 있다.

도스 패서스는 '상실된 세대'에 속하는 작가이긴 하나 대단히 강렬한 사회의식을 가지고 있다. 그는 작품 『U. S. A』에 있어 진보적인 입장에서 서서 미국사회를 분석하는 데 성공하였다. 그러나 그후 조합을 탈퇴하는 청년투사를 주인공으로 하는 『일청년의 모험』(1939년)을 쓴 이후로는 인간적인 입장에서 탈락하여 작품에도 어딘지 모르게 천박한 인상을 주는 구석이 생기기 시작하였다.

'상실된 세대'의 문학은 전쟁과 구라파문학의 영향으로 형성되었다고 앞서 말했는데, 그것은 이 세대의 작가들이 전시 중의 체험에서 구라파 사람들과 같은 문제에 부딪치게 되었고 거의 같은 시기에 문학상의 실험을 시작하여 자기의 문학의 세계를 발견하였기 때문이다. 그러한 의미에서 헤밍웨이나 기타 작가들의 소설은 20세기의 소설이라 일컬을 수 있겠고 따라서 미국의 문학은 이 세대에 이르러서 19세기 문학에서까지 발전하였다고 해도 과언이 아니다. 근년 불란서에서 헤밍웨이가 호평을 받고 있는 것은 자본주의 사회를 분석한다든가 혹은 문학상의 새로운 실험이 시도되어 있다는 것이 불란서인의 흥미를 끌고 있는지도 모르나 그 근본적인 이유는 이 세대의 문학이 20세기의 문학이라는 점일 것이다.

1930년대

1935년 4월 뉴욕에서 미국작가연맹 맹원 중의 공산주의자들이 주최하는 아메리카 작가회의가 3일간에 걸쳐 개최되었다. 그 회의가 목적하는 바를 보면 전부터 혁명적인 입장에 공감을 표명하고 있던 작가들이 일당一堂에 모여 상호간의 이해를 깊게 하고 각종의 토의를 하여, 나아가서 해외제국의 혁명작가들과 밀접한 연결을 가지자는 데 있었던 것인데, 회의개최에 찬동한 작가 명단에는 아메리카의 비극의 작가 드라이저 이하 도스 패서스, 어스킨 콜드웰, 마이켈 골드, 말콤 카울리, 기타 저명 문학자들의 이름이 나열되어 있다. 그후 같은 종류의 회의가 1937년과 39년에 개최되었는데 이와 같은 회의가 개최되었다는 사실 자체가 30년대 문학의 특질을 단적으로 말해주고 있다. 왜냐하면 30년대의 문학은 사회적 관심을 현저하게 나타내고 있기 때문이다.

지금 여기에 새삼스럽게 설명할 필요도 없이 미국은 그때까지 번영을 자랑해 내려왔으나 1929년 가을 주식 취인소取引所를 휩쓴 대공황을 계기로 심각한 불경기 시대가 시작되어 1933년 3월 루스벨트가 대통령에 취임하였을 때 그 불경기는 최고조에 다다랐다. 이 유례없던 불경기는 제1차 대전과는 좀 다른 종류이긴 하나 그와 못지않은 충격을 사람들에게 주어 일반의 사회적 관심은 심히 자극되었다. 즉 영구히 견고하다고 생각해오던 지반이 비참하게 무너져버렸기 때문이다.

문학자들도 역시 마찬가지였다. 그들은 불경기를 계기로 사회의식을 높이고 그 관심을 개인에서 전체로 옮겨, 사회 기구機構라든가 망각되었던 사람들을 문제로 삼기 시작하였다. 미국문학은 불경기를 계기로 좌익화하였다고 말하는 것은 이러한 현상을 두고 하는 말이다. 그러나 좌익화했다고는 하나 마르크스주의 문학이 일반을 지배한 것은 물론 아니고 미구문학의 전통의 하나인 사회 항의抗議의 문학이 성행했다는 데 불과하다. 물론 그중에는 마르크스주의자도 몇 사람 있었다. 그러나 그들의 작품은 성급히 이데올로기를 주장하였을 뿐으로 대체적으로 보아 예술적 가치는 적었다.

30년대의 문학을 대표하는 것은 오히려, 문학은 문학의 독자적 세계가 있다는 것을 인정하고 사회 정의감을 예술작품 가운데 성공적으로 표현할 수 있었던 사람들일 것이다. 문학이론 면에 있어서도 정치적 가치와 문학적 가치의 문제를 에워싸고 분분한 논의가 있었으나 결국 문학적 가치의 우위를 주장하는 파가 득승得勝하였다.

다음으로 사회적 관심이 강렬했었다는 이 30년대의 문학이 어떠한 것이었다는 것을 어스킨 콜드웰(1903년)과 존 스타인벡(1902년) 이 두 사람을 예로 들어 소개해보기로 한다.

남부 조지아 주 출신인 콜드웰은 항시 사회문제에 대하여 커다란 관심을 가지고 있어 남부의 경제사정에 관하여 사회학적 연구를 하고 그 결과를 발표하는 한편 문학작품으로서 많은 장편 단편을 제작하였다. 그는 사회비평은 사회비평, 문학작품은 문학작품으로 판연히 구별하고 양자를 혼동하는 일이 없었다. 그는 특히 가난한 백색인종들의 문제를 주로 취급하였다. 가난한 백색인종이라는 것은 남부지방 고유의 소작제도가 원인이 되어 사회로부터 탈선하고 풍부한 토지 가운데에서 항시 굶주리지 않으면 안 되는 사람들이다. 그리고 그 굶주림은 지금 갑자기 시작된 것이 아니라 몇 대 전부터 대를 물린 것이기 때문에 오늘날 와서는 그들은 무지하고 무도덕하여 색욕과 고집만이 센 동물과 같은 위치에 빠져 있다.

이러한 가난한 백색인종의 생활을 그린 콜드웰의 대표작은 『타바코 로드』(1932년), 『신이 내리신 조그만 땅』(1933년)이다. 전자는 지난날에는 담배를 재배하고 있었으나 토질이 나빠서 현재에는 송림으로나 할 수밖에 없이 된 땅인데도 불구하고 그 토지를 차마 버리지 못하는 가난하고 늙은 어느 백인 일가의 생활을 그린 것이며, 후자는 황금열에 들떠서 15년 동안이나 제 소유지를 여기저기 파헤치고 있는 사나이와 그 자식들의 생활을 취급한 것이다. 두 작품에 나타나는 생활들이 모두 비참하기 짝이 없고 상식 이상으로 망측하다. 도덕도 극단적으로 문란해 있다. 생활태도에는 아무 방책도 없다. 등장인물의 용모부터가 괴이하다. 언청이의 여인, 코가 짜부라진 여인 등이 나타난다. 만약 현실생활에서 접촉한다면 도저히 참을 수 없는 추악한 인물들이다.

그러나 작품 가운데서 보면 추악하다는 느낌을 조금도 받지 않는다. 이들은 오히려 사랑스러운 인물로 보이며 그들이 무슨 짓을 하나 그저 우습다는 감이 들 뿐이다. 이것은 이 작자가 가진바 독특한 유머가 작품 전체를 따뜻하게 물들이고 있기 때문인 것인데, 콜드웰은 그들 가난한 사람을 묘사함에 있어 그들의 순진성을 강조하고 주로 유머러스한 효과를 노린다. 스타일 자체도 이러한 방침에 부합되어 대단히 단순하며 소박하다. 그의 작품에는 사회정의감이 노골적으로 나타나지 않는다. 그러면서도 작자의 의도하는 바가 독자의 가슴에 울려오고 있다. 이것은 사회문제 제출방법으로서 주목할 만한 것이라 아니할 수 없다. 스타인벡은 극서부 캘리포니아 주 출신의 작가로서 주로 자기의 출신 지방을 무대로 시대에서 뒤떨어진 미미한 존재의 인물들을 그렸다. 그의 문명이 문단에 인식된 것은 장편 『토르티야 플랫』(1935년)이 발표된 후인데 이 작품은 무뢰한의 원시적인 생활이 유머러스한 필치로 그려져 있다.

2년 후에 발표한 『생쥐와 인간들』은 두 사람의 이주노동자의 우정을 소재로 하여 장래에는 약간의 토지를 갖게 되어 걱정 없는 생활을 해보았으면 하는 그들의 꿈과, 그중 한 사나이가 과실로 사람 하나를 죽이게 되었기 때문에 다른 한 사람이 눈물을 머금고 그를 사살하지 않으면 안 되는 애처로운 심정을 묘사하였는데, 유머러스한 가운데에도 일련의 애수가 흐르고 있다. 미국문학의 유머도 스타인벡 이후에 이르러서는 그 배후에 있는 인생의 비애를 읽는 사람들에게 느끼게 한다. 이러한 것은 미국문학의 성장을 입증하는 사실이라 하겠다.

스타인벡의 걸작은 읽는 사람마다 의견은 다를 것이나 역시 『분노의 포도』(1939년)를 드는 것이 정설이 되어 있다. 미국에서는 1930년대 중엽에 몬타나 주에서 텍사스 주에 걸쳐 대사풍大砂風이 습래襲來하여 이로 말미암아 농토를 잃은 약 20만 명의 유민들이 새로운 일터를 찾아 캘리포니아로 이주하였다. 그러나 이곳에서도 좀체 마땅한 직업은 찾을 수 없었다. 스타인벡은 『분노의 포도』에서 이 중대한 사회문제와 대결하였다. 전체가 30장으로서 구성되어 있는데 기수奇數 장에서는 산문시에 가까운 스타일로 사회적 배경을 그리고 우수偶數 장에서는 구어체의 스타일을 사용하여 농토를 빼앗긴 조드 일가를 중심으로 이를 실업자의 무리의 운명을 철저한 리얼리즘의 수법을 가지고 묘사하고 있다. 격분에 넘친 역작이다. 작자는 이렇다 할 만한 확고한 정치적 이데올로기를 가지고 있지 않다. 그러나 그의 휴머니즘은 이 작품에서 솜씨 있게 예술적으로 승화되어 있어 30년대의 대표작을 이루고 있다.

그처럼 콜드웰이나 스타인벡 같은 두 사람은 모두 시대의 일반적 경향에 추종하여 사회적 관심에서 불행한 사람들의 운명을 작품으로 형상화하였다. 그러나 그들은 모두 정치가이기 전에 우선 문학자였던 것이다. 그래서 인물취급방법, 작품구성 스타일 등에 있어 각자가 독특한 개성을 보여주고 있다. 30년대의 문학의 사회적 관심은 이들과 같은 문학자로서의 자각은 망각하고서는 진정한 가치를 갖지 못하게 된다.

결어

이상 지면 관계도 있어 서술이 도식화한 흠이 없지 않았고 현대 미국 문학에 관해서 논평한 경우에 간과해서는 안 될 문학자로서 언급되지 않은 작가가 적지 않다. 끝으로 이 사람들의 이름만이라도 열거하자면 미국문학에서 그리 수가 많지 않은 예술파의 한 사람으로서 지방색이 농후한 작품을 쓴 윌라 캐더, 고전적인 스타일로 풍자소설을 쓴 제임스 브랜치 캐벌, 시카고의 소년군少年群을 그린 전위작가 제임스 파렐, 30년대의 소설가로서 캐리커처적 존재라 일컬어지는 토머스 울프, 시단의 장로 로버트 프로스트, 신 인본주의를 제창한 평론가 어빙 배빗, 연극관계로는 맥스웰 앤더슨, 엘머 라이스, 로버트 셔우드, 클리퍼드 오데츠, 희곡 외에 단편도 잘 쓰는 윌리엄 사로얀 등이 있다. 또 소설이 주가 되어 시, 평론, 연극에 관해서는 깊이 언급하지 못하고 말았다. 그러나 현대 미국문학 전체의 움직임에 관해서는 지금 논평한 바로도 커다란 오류는 없으리라 생각하는 바이다.

그런데 제2차 대전이 끝난 지 근 10년이 되려는 오늘날까지 노먼 메일러, 어윈 쇼, 트루먼 카포티, 고어 비달, 존 혼 번스 등 많은 신진작가가 나타났고 또 작품으로도 메일러의 『나자와 사자』와 같은 특색 있는 작품이 제작되었다. 그러나 전체에 있어서는 아직 현저한 움직임은 하나도 보이지 않는다.

제1차 대전시에는 '상실된 세대'가 나왔다. 이번 대전을 겪고 나서는 여기에 대응할 만한 것이 나타나지 않고 있다. '상실된 세대'는 상실할 만한 아름다운 꿈을 그릴 수 있었던 것에 비하여 제2차 대전의 젊은 세대는 애초부터 상실할 아무것도 지니지 못한 채 극히 리얼리스틱한 태도로 전쟁을 체험하였기 때문이다.

그러나 이러한 신경향은 표면에는 아직 뚜렷이 나타나고 있지 않으나 그 흐름 깊은 곳에는 무엇인지 힘찬 것이 태동하고 있는 기색이 있다. 그 증좌로 최근 어느 평론가가 다음과 같은 뜻의 말을 하고 있다. 즉 '상실된 세대'는 자아를 다시없이 소중한 것으로 여겼다. 30년대는 관심을 개個로부터 전체全体로 옮김으로써 사회재건의 필요를 굳게 믿었다. 그러한 것에 대하여 오늘의 젊은 세대는 다시금 자아의 가치를 인식하고 개인의 재건을 기도企圖하고 있다. 그러나 이 개인의 재건은 '상실된 세대'에서 필요를 믿었던 30년대를 경험하고 개인을 무시한 사회재건은 있을 수 없다는 것을 깨닫고 그러한 입장에 서서 주장하는 개인재건이라는 것이다.

  만약에 이 평론가의 말대로 한다면 미국문학이 현재 새로운 방향을 지향하며 발전해나가고 있는 것이 자명하며 오래지 않아서 이 움직임은 이러한 종류이건 새로운 문학의 형태로서 구상화될 것이라고 믿어지며 금후今後의 발전이 기대되는 바이다.

  —《문학예술》, 1954. 4.

사실주의의 중요작가군

— 사실주의문학 해설

발자크(1799~1850)

　19세기 리얼리즘을 운위하자면 위선(爲先) 발자크의 이름을 먼저 들어 논하는 것이 순서일 것이다. 발자크는 처음에는 영국의 작가 월터 스콧의 역사소설을 모방하고 있었는데 1830년대부터는 현대에도 착목하여 19세기 사회의 모든 실상을 소재로 일대 서사시를 써보려고 기도(企圖)하였다. 근 백 편이나 되는 그의 소설작품들은 『인간 희극』이라는 종합 제목하에 서로 연관성을 가지고 있다. 어느 작품에서는 부인물에 불과하던 등장인물이 다른 작품에 가서는 주인공이 되어 활약한다. 이와 같이 여러 편의 소설을 종합함으로써 현대사회사를 그려보자고 하는 방법은 20세기의 작가들에게도 계승되었다. 발자크는 이와 같은 목적하에 사회의 모든 층, 모든 직업의 인간을 작품 가운데에 등장시키려고 했다. 이러한 점에서도 그는 사실소설의 새로운 길을 닦아놓은 사람이라 할 수 있다. 즉 이전의 작품들 같으면 작품 가운데 등장시키기를 꺼리던 그러한 각종 직업인이나 각종 인간유형들이 문학상으로 묘사되는 방향을 개척하였다고 말할 수 있다. 또 그는 면밀한 관찰을 함으로써 현대사회의 특수상을 충분히 연구하고 있는데 그는 동시에 이들을 움직이고 있는 시대의 강력한 리듬을 잘 파악하였다. 특히 지금까지의 작가들은 깊이 유의하지 않고 있던 금전의 움직임, 금전을 중심으로 가지가지의 곡선을 그리는 현대사회인의 야심의 동태를 선명하게 파악하고 있었다.『인간 희극』의 서문에서 그는 "인생을 생물학자와 같은 객관적 방법으로 관찰 분류한 다음 이것들을 재구성하겠다"고 선언한 다음 후대의 자연주의자들이 주장한 바와 같은 과학정신에 관해서 언급하고 있다. 그러나 발자크는 자기 자신 면밀한 사회기록을 작성한다고 말하긴 했으나 실지에 있어서는 모든 것을 관찰만을 가지고 썼다고 평하는 사람도 없지는 않다. 어느 평론가는 발자크가 어느 점에 있어서는 충실한 관찰가라기보다 분망한 몽상가였다는 점을 지적했다. 확실히 그는 현실주의자인 동시에 열렬한 몽상가이기도 했다. 그가 그려놓은 방대한 인간사회도는 정밀한 관찰이라기보다 오히려 강력한 편집적 환상인 때가 많았다.

그러나 정확한 관념을 가지는 데 있어서 그다지 큰 방해는 되지 않았다. 자연주의파는 언제나 특수한 사실에 대하여 주의를 기울이는 나머지 사말些末주의로 흐르기 쉬워 도리어 진실을 직시하는 힘을 잃고 마는 경향이 많았다. 그와 같은 본질적인 진실을 보고 파악하는 점에 있어서는 발자크나 스탕달과 같은 초기 리얼리즘파들이 오히려 더 정확하게 리얼리즘문학을 알고 있었던 것이라고 말할 수도 있다. 발자크가 창조한 '외제니 그랑데'나 '고리오 노인'이나 '종매從妹 베트'들은 보편인의 규범을 닦아 넘는 정열을 가진 거대한 인물들이며『인간 희극』은 이와 같은 거인들의 정열이 서로 부딪쳐 불꽃을 내는 장렬한 무대라 할 수 있기 때문에 세인들은 이를 셰익스피어, 단테의 작품에까지 비교하고 있다. 그러나 이들 거대한 인물이 살고 있는 환경은 어디까지나 현대사회로서 그려져 있는 것이고 이들에 대한 작자의 관찰안도 리얼리즘의 정신에서 일탈해 있지는 않다. 발자크의 작품은 이른바 리얼리즘 운동에 선행하고 있었던 것인데, 1850~60년대로 진행하면서 사실주의가 융성기에 들어가던 시기에 제작된 사실주의소설들치고 그의 영향 밖에 있던 작품은 하나도 없다고 해도 과언이 아니다.

스탕달(1783~1842)

스탕달은 발자크와 대략 동시대의 작가이다. 그도 또한 소위 리얼리즘 운동이 발흥하는 이전의 작가이다. 『적과 흑』은 1830년에 발행되었다. 스탕달은 발자크와는 달라 인물의 심리해부에만 뜻을 기울이고 심리소설가로서 일찍이 그 유례가 없는 재능을 나타냈다는 것은 주지하는 바와 같다. 그러나 그도 역시 젊었을 때부터 그의 생애를 통하여 '작은 사실'을 정확하게 관찰하는 일이 얼마나 중요한가 하는 일을 누구보다도 잘 알고 있던 사람 가운데 하나이다. 그리하여 그는 그가 살고 있던 시대적 환경에 대해서 주의를 게을리하지 않고 날카로운 직관과 깊은 반성으로써 그 본질적인 동세를 간파하고 있었다. 그는 결코 악질심리의 분석에만 주력하고 있었던 것은 아니다. 쥘리엥 소렐과 같은 현대적 인물, 중류 이하의 계급으로부터 출발하여 상층사회로 기어오르려고 하는 야심만만한 청년, 이러한 인간유형을 솔선하여 묘사하였다는 점, 1830년대의 반동적이고 캄캄한 불란서 사회의 동태를 그처럼 명확하게 파악하였다는 점만 보더라도 그가 동시대의 문학자들을 닦아 넘는 투철한 리얼리즘의 정신을 지녔었다는 것을 증명할 수 있다. 발자크가 근 백 편이나 되는 작품군을 가지고 재현해보려고 하던 현대사회도를, 그의 경우에 있어서는 인간행위의 동인을 교묘하게 부각한 사백 혈頁에 불과한 한 편의 소설로 투시하고 있었다고 말하더라도 그다지 지나친 칭찬이 아닐 것이다.

플로베르(1821~1880)

『보바리 부인』의 출현은 리얼리즘문학의 승리를 결정적인 것으로 만들어놓았다는 사실은 이미 언급하였다. 1850년경에는 이와 같은 작품이 나타난 지반이 이미 준비되어 있었던 것인데 이 시대에 리얼리즘이라고 자칭하고 있던 문학은 그 시야가 극히 좁아서 풍속자료의 수집에 불과한 작품들이었다. 플로베르가 5년간이나 심혈을 기울인 이 작품은 리얼리즘문학의 비예술성을 운운하는 당시의 세평을 단번에 전복시키고 19세기 문학의 최고수준에 참열參列할 수 있는 예술적 가치를 신경향문학 가운데 실현해놓았던 것이다. 이 작품 한 편으로써 세인들은 리얼리즘도 걸작을 낳을 수 있다는 사실을 마침내 승인하게 되고 말았던 것이다.

플로베르는 루앙의 시립병원 외과부장의 아들로서 탄생하여 어렸을 때부터 자연과학의 지식과 그 방법에 대하여 깊은 교양을 갖게 되었다. 소년시대의 문학에 대한 취미로서는 낭만적인 작품에 경도하여 바이런, 뮈세 등을 탐독하였으나 자기 자신의 작품을 제작함에 있어서는 어디까지나 과학자와 꼭 같은 태도로 이에 임하였다. 『보바리 부인』은 실지로 있었던 신문의 사회면 기사적 사실을 재료로 제작한 것인데 상세하게 조사한 소재를 주도하게 구성해놓은 작품이다. 작자는 자기의 주관을 작품 가운데 노출시켜서는 안 된다. 그리고 사실은 어디까지나

| *『살람보Salammbô』를 말하는 듯함.

객관적인 것으로서 있는 그대로 제출하여야 될 것이라는 것이 플로베르의 제1신조였다.

그가 얼마나 자료의 정확성을 존중하였는가 하는 것은 그가 뒤이어 발표한 역사소설 『사다나보오』*를 집필하던 때의 그의 태도만으로도 대강 짐작할 수 있다. 이 작품은 고대 카르타고 전쟁에서 취재한 것인데 그는 이 소설을 쓰기 위해서 놀랄 만한 정력으로 자료를 수집하고 실지조사를 하고 무수한 참고문헌을 독파하였다. 역사소설이긴 했으나 그가 현대소설을 제작함에 있어 쓴 방법과 꼭 같은 방법을 썼던 것이다. 1869년 그는 제2의 현대소설 『감정교육』을 완성하였다. 이 작품은 1840년대의 불란서 사회를 배경으로 그 사회에서 활동하는 당시의 청년들의 모습을 묘사하였다. 1848년의 2월 혁명을 중심으로 50년의 쿠데타까지의 사회적 사상을 대소를 불문하고 모조리 서술한 작품이다. 플로베르의 사실소설의 기술은 『보바리 부인』 당시보다 이 작품에 이르러 더욱더 정묘해지고 한층 더 객관적이 되어 있어 여러 가지 점으로 보아 금후의 리얼리즘 소설 제작상의 교과서가 될 수 있다. 이 두 편의 대표적 사실주의소설은 그후 약 50년간의 불란서 소설의 방향을 결정한 작품이라는 것을 비평가들은 인정하고 있다. 졸라나 모파상도 이 두 작품에 있어 기술적으로 배우는 점이 많았다. 어쨌든 플로베르의 이 두 작품은 근대소설사상 특히 실제 기법상으로 일시기─時期를 획하는 것이었다. 소설은 과학적 사실을 말하지 않으면 안 된다고 주창하고 있던 졸라는 다음과 같이 말하고 있다. "1865년까지는 소설이란 한 개의 예술에 불과하였다. 상상력이 소설가의 주요능력에 있다. 다만 발자크와 플로베르만이 진실을 간파하고 있었다."

공쿠르 형제: 에드몽(1822~1896), 쥘(1830~1870)

공쿠르 형제의 작품은 플로베르의 사실주의로부터 다음 시대의 자연주의로 이행하는 중간시기에 위치하는 작가들이라 일컬어지고 있다. 공쿠르의 소설을 분석적으로 보면 지금까지 리얼리즘파의 주장이었던 요소가 모두 여기에 결집되어 있다는 것이다. 발자크가 주장한 사회적 소설, 샹플뢰리 등이 역설한 민중의 일상생활을 대상으로 한 풍속묘사, 플로베르가 실행한 엄정한 자료연구의 방법, 기타 1860년대의 문학경향을 대표하고 있다.

공쿠르는 역사연구로부터 소설로 들어간 작가였다. 작가가 되기 전에 그들은 18세기 사회의 미술·풍속사 기타의 모노그라피적 연구가였다. 이와 같은 저술을 위해서 풍부하고 면밀한 자료수집이 절대적으로 필요하였던 것이다. 역사 고증가로서 이미 알고 있던 방법을 그들은 소설 창작 상에도 사용하였던 것이다.

"역사는 과거에 있었던 사실의 소설이며, 소설은 과거에 있을 수 있었을 일의 역사이다." "역사가는 과거를 이야기하는 설화수說話手이며 소설가는 현재를 이야기하는 설화수이다."

이러한 공쿠르의 말은 그들의 제작방법이 어떠한 것이 있는가 하는 것을 말하고 있다. 한마디로써 그의 평을 한다면 공쿠르의 소설은 대단히 면밀한 자료적 소설이다. 어떠한 작품계획을 세우면 그들은 플로베르 이상으로 사실의 조사와 수집에 편집적인 노력을 경주傾注하였다. 작품 전체의 통일, 즉 플롯이 대단히 산만한 것이 그들의 특색이다. 그와 같이 산만하고 통일성이 부족한 것이 인생기록으로서는 자연스러운 것이며, 있는 그대로의 화사畵寫라고 하는 자연주의 문학적 사고방식이 공쿠르에 이르러서 한층 더 노골적이 되었다. 여기에서 인상주의라는 비평방식이 사용되기 시작하였다. 사실 공쿠르의 작품에는 회화에 있어서의 인상파의 주장과 동질적인 것이 많이 있다. 어느 작품은 장면묘사의 연속에 불과한 것 같은 느낌을 주는 것도 있다. 인상파의 회화에 있어서는 일견一見 화면의 구성을 무시한 것과 같은 묘사방법, 무방침無方針한 '트리빙' 등이 눈에 띄는데 공쿠르의 작품에도 이와 같은 경향의 묘사가 흔히 있다. 부분의 감각적인 묘사는 대단히 교묘巧妙 정치精緻하여 이것이 그의 특수하고 신경질적인 문체로 말미암아 일종 독특한 효과를 나타내고 있다.

대표작『제르미니 라세르퇴』는 비참한 여자의 일생을 그린 캄캄한 작품인데 이것은 공쿠르 가에 다년간 고용되어 있던 하녀의 가련한 인생을 그가 죽은 후에 발견된 자료를 기초로 하여 서술한 것이다. 이 작품에 착수한 동기와 그 자료조사의 경과 등은 공쿠르의 일기 가운데 상세히 기록되어 있어 이것을 읽으면 이 작가의 창작방법을 명확하게 알 수가 있다. 이 외에도『르네 모프랭』『피로멘 니尼』『제르베제 부인』등 많은 작품들이 있으나 오늘날에 있어서는 19세기 사실파작가들 중에서 공쿠르는 가장 과거의 작가로 간주되고 있다. 그러나 이 당시의 불란서 사실주의문학이 어떠한 것이었던가 살펴 알기 위해서는 어느 의미에서는 반대로 가장 중요한 사실파 작가이기도 하다. 공쿠르가 그린 거리의 창녀, 하녀, 불량청년, 기타 하층사회의 인간, 병적인 체질을 가진 인물, 거리에서 그대로 채집된 회화會話, 작품 전체에 흐르고 있는 염세사상, 이런 것들은 모두 낭만주의문학에 대한 격렬한 반박이라 볼 수 있는데 이와 같은 분위기에서 졸라 등의 자연주의는 뛰어난 것이다. 졸라의『선술집』과 같은 작품은 이러한 분위기 가운데에서 제작되었던 것이다. 공쿠르는 작품을 쓸 때마다 서문을 붙였는데 그는 이 서문에서 사회의 진실을 두려워하지 않고 그리는 리얼리즘문학을 제창하였다. 이것은 자연주의시대에 졸라가 많은 '메니페스토(선언문)'를 쓴 것과 비슷한 일이다. 플로베르는 자기의 문학에 대한 이와 같은 프로파간다는 하지 않았다.

졸라(1840~1902)

졸라는 젊었을 때에는 오히려 낭만적인 서정적 작품을 쓰고 있었다. 플로베르, 공쿠르 등의 사실적인 소설이 나타남에 이르러 여기에 그는 소장 작가다운 자극을 받고, 자기도 1864년경서부터는 리얼리즘문학의 방향을 취하였다. 그는 특히 『제르미니 라세르퇴』에 감탄하여 당시의 세평이 공쿠르의 이 소설을 '지저분한 문학'이라고 비난한 데 대하여 졸라는 평론으로 열렬하게 그를 변호해주었다. 1860년대의 불란서 사조에 있어 일방의 지지자적 역할을 하고 있던 것은 텐의 실증주의였다.

졸라는 텐의 논문을 가장 열심히 읽은 사람 가운데 하나였는데 그는 이 사상가의 언설을 자기의 문학이론의 배경을 삼으려고 했다. 리얼리즘 문학을 수립하려고 했을 때 졸라는 우선 작품의 거점이 될 만한 확고한 이론을 갖게 된 다음에야 비로소 작품에 착수하였던 그의 제작태도 같은 것은 주목할 만한 사실이라 하겠다.

이것은 텐이 자저自著 『영문학사』의 서문 가운데 쓴 유명한 말인데 졸라는 이 말을 자작 소설 『테레즈 라캥』(1867년)의 2판 서문에 인용하였다. 테레즈라는 젊은 유부녀가 패륜의 사랑을 속삭이던 끝에 애인과 협력하여 남편을 센 강에 밀어넣는다. 그후 테레즈와 상대의 남자는 죄의 가책으로 말미암아 고민하던 나머지 정신착란이 발작되어 자살하고 만다는 이야기인데 작자는 이 작품의 서술방식을 다음과 같이 설명하고 있다.

"악덕도 미덕도 그것들은 모두 초산硝酸이나 사탕砂糖과 마찬가지로 화합물이다."

"주의를 기울여 이 소설을 읽어주기 바란다. 1장 1절이 생리학의 보기 드문 증례症例의 연구임을 독자는 깨달을 것이다. 나는 단 하나의 소원 이외에 아무것도 가지고 있지 않았다. 굳센 사나이와 부부생활에 불만을 품은 여자가 소설의 소재로서 주어졌을 때 그들 가운데에 동물을 찾아낼 것, 아니 동물 이외에는 아무것도 찾으려 하지 않을 것, 그들을 드라마의 흐름 가운데 밀어넣고 이 두 개의 존재의 감각과 행위를 조심스럽게 기록할 것. 나는 다만 두 개의 생체 위에 해부의가 시체에 대하여 하는 것과 같은 분석적 조작을 한 것에 불과하다."(『테레즈 라캥』의 서문)

그다지 훌륭한 작품이라 할 수는 없지만 졸라의 자연주의 이론의 출발을 여기에서 볼 수 있다. 플로베르나 공쿠르도 작가가 작품을 대하는 태도를 과학자에 비하기도 했고 과학적 방법이라는 말을 흔히 썼다. 공쿠르는 "소설은 연구다"라는 말까지 했다. 그러나 졸라는 더 나아가서 "소설은 과학"이라고 말하고 이 문학사상은 '문학, 즉 과학'이라는 주장에까지 발전하였다. 이와 같은 이론 배경하에 텐의 소설을 차용하고 있었는데 다시 그는 자연과학자 자체의 사고방식을 응용할 필요를 느끼게 되었다. 졸라가 이용한 것은 당시 유명하던 클로드 베르나르의 『실험의학서설』이었다. 현대의 의학은 어디까지나 엄밀한 실험을 배경 삼아야 한다고 주장한 이 저서의 문장을 거의 그대로 문학이론에 전용한 것이 그의 '실험소설론'이었다.

이와 같이 하여 자연주의의 원리가 수립되었다. 자연주의라고 하는 것은 인간의 생활태生活態를 자연현상으로써 관찰한다는 것이다. 따라서 작가의 태도는 자연과학자의 태도와 같아져야만 한다는 것이다. 자연현상으로써 취급되는 인간은 본능이나 생리적인 필연으로 말미암아 지배된다. 졸라의 근본원리는 "인간의 템퍼라망[기질]을 비춰서 자연을 관찰한다"고 요약하고 있다. 템퍼라망이라고 하는 것은 생리적 조건, 환언하자면 어떠한 생리적, 자연적 환경 가운데 놓인 인간의 연구라고 말할 수도 있을 것이다. 일정한 생리적 조건이 부여된 인간이 어느 사회환경 가운데에서 어떻게 발전해나가는 것인가. 소설가는 상상을 가지고 이것을 그리는 것이 아니라 실험에 의해서 가설을 실증해나가는 것이다. 소설가의 플랜이 과학자의 가설인 것이다.

졸라는 자기의 실험을 위해서 어떠한 과학적 방칙方則을 가질 필요를 느끼고 당시 주목되고 있던 유전학설에 착안하였다. 불란서에서는 영화화도 되었다고 하지만『수인獸人』이라는 작품의 주인공은 숙명적인 유전으로 말미암은 정신병환자이다. 그는 때때로 발작적인 살의를 느낀다. 졸라의 소설인물 가운데에는 전부는 아니지만 그와 같은 유전환자가 상당히 많이 나타난다.

플로베르와 공쿠르에게 많은 것을 배운 졸라는 자료연구에도 열심이었다. 대표작의 하나인『선술집』을 쓰기 위해서 수년간을 두고 그는 파리의 노동자가街를 조사하여 자료를 수집하였다. 이 자료라든가 창작 플랜을 적은 노트는 현재 불란서 국립도서관에 보존되어 있는데, 이것으로서도 그의 자료연구의 태도의 일단을 엿볼 수가 있다. 그러나 졸라의 공적은 그저 사실을 수집 나열하였다는 점에서만 그치는 것이 아니다. 현대사회를 어떠한 비판적인 관점 위에 서서 종합적으로 그려나간다는 19세기 리얼리즘의 최초의 정신을 부활한 것도 그의 큰 공적인데 이 점에서는 플로베르나 공쿠르보다도 한층 더 가까운 발자크의 직계라 볼 수 있는 것이다. 발자크의『인간 희극』에 대항하여『루공 마까르 총서』라는 20권에 긍亘하는 종합소설을 썼다. 이것은 루공과 마까르라는 두 가계에 속하는 인간의 착잡한 운명을 전면에 놓고 제2제정 시대의 불란서 사회상을 그린 것이다. 보불전쟁에서 패배한 후의 시기의 불란서에서는 보수적 정신이 강하여 정부는 중산계급을 원조하였기 때문에 산업, 상업은 장족의 진보를 보였고 시대의 과학만능정신과 더불어 사회의 근대화는 현저하였다. 도시는 급격하게 팽창하고 철도는 개설되어 수많은 부유계급을 만들어내었다. 그러한 반면 자본주의 사회의 악은 차차 노골화하여 실업자는 날로 증가하게 되고 부유계급의 사치와 위정자들의 부패는 극단에 이르렀다. 이러한 시대의 악을 척결하는 것이 졸라의 과제였다. 이 20권이 모두가 모두 걸작이라는 것이 아니고 또 졸라의 수법은 비판의 대상이 될 만한 여러 가지 결점을 가지고 있기는 하지만, 관찰된 사회의 넓이로 한다면 플로베르보다 공쿠르는 문제가 아니고 발자크까지도 능가한다고 말할 수도 있다. 발자크는 자본주의의 상승기를 그렸고 졸라는 그 클라이맥스를 그렸다고 평하는 사람도 있다. 어쨌든 전자의 시대보다 한층 더 복잡화한 시기를 잘 분석하여 소설자료로서 취급할 수 있을 만한 것은 남기지 않고 모두 받아들였다. 철도해운의 발달, 탄갱炭坑쟁의, 농민의 도시집중, 중산계급의 기업열熱과 파리의 도시계획, 대도회 주변의 노동자 생활의 비참, 패전, 제2제정 붕괴 등등 생동하는 다이내믹한 현대세상을 취급한 졸라의 소설은 『인간 희극』 이상으로 사회소설적이며 현대의 일대─大 서사시이다. 자연주의에 대하여 비판적인 20세기에 들어선 후에도 많은 작가들이 사회의 전체적인 양상을 그리려고 할 때에는 졸라에게 경의를 표하고 무엇인가를 그에게서 배우려고 하는 사실을 간과해서는 안 될 것이다. 『티보 가의 사람들』을 쓴 마르탱 뒤 가르며 『선의의 사람들』을 쓴 쥘 로맹 등이 모두 그러하다.

모파상과 기타 제 작가

졸라와 동시대에 활약한 불란서 사실주의 작가는 그 수가 적지 않다. 가장 유명한 알퐁스 도데나 모파상 등에 대해서 여기서 언급할 여유가 없음은 대단히 유감이다. 그러나 여기에서 단순히라도 언급해두어야 할 것은 졸라의 자연주의에 공명共鳴하여 그의 주변에 모여든 일군의 젊은 작가들에 관해서다. 졸라의 주택이 메당에 있었기 때문에 이 사람들의 일단을 '그룹 드 메당'이라고 일컫는다. 모파상이니 후에 신비적인 가톨리시즘에 입신한 위스망스도 이 일단에 속해 있었다. 이 사람들이 졸라의 뒤를 이은 1880년경부터의 말기 자연주의문학을 대표하고 있다. 그들의 문학적 신념은 자연주의의 정신이 있음에는 변함이 없으나 사실 이 말기 자연파의 작품은 졸라와 같이 대규모한 현대사회소설적 구상을 가진 것이 아니었다. 또 졸라만큼 과학주의를 신봉하고 있지도 않았다. 그들이 쓴 것은 대저 평범한 일상생활의 무풍無風상태를 세기말적 염세주의의 배경하에 음울한 필치로 그려놓은 작품들이었다. 그들의 선생이었던 플로베르의 통계通系로써 예술가적 소질을 다분히 가진 모파상의 우수한 사실소설, 특이한 감각을 가진 위스망스의 약간의 작품 외에는 현대에 있어서는 거의 모두 망각되고 말았다.

기타의 리얼리즘 작가들

이상은 주로 불란서의 사실주의의 윤곽을 약술한 것인데 왜 불란서를 중심으로 이야기했느냐 하면 구라파문학의 사실주의 가운데서 일관하에 어느 시기에 발흥했고 일─ 시대를 석권한 것은 불란서 사실주의문학이며 이것이 갈라져 나가서 각국의 사실주의적 경향에 대해서 각각 영향을 끼친 것이라고 생각되기 때문이다. 불란서 이외의 각국에서의 리얼리즘의 특색이라 하는 것은 그 시기 그 시기에 있어 추출할 수 있을 것이겠지만 역시 19세기에 들어서서부터 그 경향이 현저하게 나타났다는 것은 아무도 부정하지 못할 사실일 것이다. 그러나 어느 나라의 문학사에서 있어서나 소위 불란서 리얼리즘문학만큼 깨어 있는 것을 발견하기는 곤란하다.

영국에서는 18세기에 이미 필딩, 리처드슨과 같은 훌륭한 사실소설이 나타났다. 이것은 이 나라의 시민사회가 불란서보다 한 걸음 더 속히 근대화하였다는 점에 원인이 있는 듯하다. 19세기에 들어서자 디킨스, 새커리 등 근대사회의 특징을 명확하게 파악한 작가들이 연달아 배출했다. 영국에서는 19세기 불란서에서 볼 수 있던 바와 같은 명확한 사실주의 주장의 운동 같은 것은 일어나지 않았으나 이와 같이 전 세기로부터 사실주의적 요소가 현대문학 가운데 흘러 들어왔다고 해도 좋을 것이다. 브론테, 엘리어트 등의 소설도 충분히 리얼리즘의 세례를 받은 작품이라 할 수 있다. 19세기 후반의 대작가 토머스 하디는 한 걸음 더 진보된 면밀한 묘법描法, 그리고 작품에 일관해 있는 숙명적 염세관 등을 갖추고 있어 이 세기에 있어서의 사실주의소설의 특색을 가장 구비한 작가라는 평을 받고 있다. 사회의 최하층에서 허덕이는 서민들의 비참한 생활을 그린 기싱에 관해서는 같은 말을 할 수 있다. 또 면밀한 몰주관沒主觀적 사실적 방법을 가지고 주로 19세기의 중류계급의 생활을 장편소설화한 아놀드 베네트(1867~1931) 등이 자연주의 소설의 영향을 받고 있었던 것은 누구나 수긍할 수 있는 사실이라 하겠다.

구라파문학의 리얼리즘문학을 논할 경우에 무시할 수 없는 것은 노서아(러시아)의 19세기 문학일 것이다. 이 나라의 문학의 근대화는 가장 뒤떨어져 있었다. 그러나 푸시킨, 고골리, 투르게네프, 톨스토이 등 대작가군을 연달아 배출한 러시아는 근대문학의 풍부함에 있어 구라파의 다른 어느 나라에도 손색이 없다. 그리고 이들 제 작가에게는 이 나라의 독특한 사실주의 정신이 맥맥脈脈이 흐르고 있다. 고골리의 「코」, 「사령死靈」 등에서 볼 수 있는 풍자적이고 비판적인 리얼리즘은 그의 뒤를 이은 제 작가들에 이르러서도 사라지지 않았다. 투르게네프는 그중에서도 가장 국제적인 작가로서 불란서의 사실주의 작가인 플로베르, 공쿠르, 모파상 등과 가까운 친구였다. 『엽인일기獵人日記』, 『루진』, 『부자父子』 등의 작품에는 불란서 사실주의에서는 찾아보기 힘든 시정詩情과 슬라브 민족적 감수성이 넘쳐흐르고 있기는 하나 이 작가 역시 플로베르, 모파상 등의 창작기술적 영향을 받고 있다는 것은 다시 말할 필요도 없는 사실이다.

톨스토이는 19세기 문학의 전체 위에 존립하는 존재이다. 그의 소설은 아마 리얼리즘문학의 최고봉인지는 모르겠으나 역시 당시의 제 외국, 특히 불란서의 사실주의문학에서 기술적으로 많은 것을 배웠을 것이다. 『안나 카레니나』, 『전쟁과 평화』 기타 여러 작품에서 찾아볼 수 있는 현실파악의 정확성, 명확한 구성력, 면밀하고 감각이 신선한 묘사력, 어느 특색을 조상爼上에 놓고 분석해보아도 이 세기의 사실주의문학의 정신을 최고도로 발휘한 것이라고밖에 달리 형용할 말이 없다. 도스토예프스키에 이르러서는 이 작가의 특이한 심리주의는 주지하는 바와 같다. 보통이 작품은 19세기 류의 리얼리즘으로부터 탈출하여 20세기 문학에 연連하는 새로운 경향을 지녔던 사람이라는 점이 지적된다. 어느 의미에서는 오히려 반反사실주의라 할 수도 있다. 도스토예프스키 자신이 "나는 현실주의자다. 소위 리얼리스트 이상으로 현실적이란 말이다"라고 말했다고 한다. 그러나 이 특색 있는 리얼리스트도 젊었을 때부터 발자크를 애독했고 그의 작품을 번역까지 한 것을 본다면 이 시대의 사실주의와 전연全然 인연이 없었다고는 할 수 없다. 개개의 작가를 예로 들어 말하지 않더라도 이 나라의 근대문학이 왕성한 리얼리즘 정신으로 일관되어 있는 것만은 부정 못할 사실일 듯하다. 푸시킨, 고골리 등과 같은 선구적인 작가들이 그러한 길을 개척하였을 뿐만이 아니라 벨린스키와 같은 우수한 평론가가 이론적인 기초를 만들어놓았다. 참다운 리얼리즘은 낭만정신주의를 배척하는 것이 아니라고 말하는 리얼리즘의 현대적 해석은 가장 러시아 문학의 자연주의관과 가까운 거리에 놓여 있다.

— 《협동》, 1954. 7.

투고投稿와 선자選者

내가 지금까지 겪어 아는 바로는 문단인이 되기 위해서 대체로 다음 두 가지의 방법이 있는 모양이다. 신문잡지의 현상모집이나 신인 추천란에 투고를 해서 실력으로 이 관문을 돌파하는 방법과 여러 가지로 길을 타서 유명무명의 문단인과 교제를 청하여 다방이나 술자리에 어울리는 도수가 빈번해지는 동안 어느덧 성명 삼자 위에 시인이니 수필가니 하는 호칭을 지니는 방법이다.

어느 편이 더 떳떳하냐 하는 것은 여기서 들추지 않기로 하더라도 문인으로서의 실력과 문단인으로서의 생명을 생각해볼 때 후자가 전자에 대해서 비교가 되지 않을 정도로 떨어진다는 것은 관심을 갖는 사람들이 다 같이 지적하는 바일 것이다.

요즘 신문이나 월간 잡지의 수가 많아진 까닭에서인지 나 같은 사람에게까지 시의 선選을 청해오는 수가 간혹 있다.

마음이 간지러워 한참 망설인 끝에 결국은 이 일을 떠맡고 만다. 마음이 약해서 남의 청을 맵게 물리치지 못하는 것이 내 성격의 커다란 흠인 줄 알면서.

그러나 남의 작품의 우열을 심사한다는 일은 선자에게 있어 정신의 무거운 부담이 아닐 수 없다. 그 작품이 우수한 것이건 하잘것없는 것이건 간에 그 작자에게 있어서는 다시없이 소중한 정신의 소산일 것이기 때문이다. 하물며 선자의 의견 한 가지로 그 작자의 일생의 운명이 좌우되는 경우가 있다면 더군다나 그렇지 않겠는가.

최근 모지某紙의 시선을 맡아보기 시작하자 나는 이 작업이 의외에도 흥미로운 일이라는 사실을 발견했다.

어떤 사람은 선자 아무개에게 해놓고 그 선자의 호상好尙에 맞을 만한 작품을 적고 다른 선자에겐 역시 그 선자의 시풍을 추종하는 작품을 적어 그것을 같은 봉투에 넣어서 보내온다. 어찌 생각하면 자기의 갈 길을 모색하는 도정에 있는 젊은 시인에겐 응당 있을 수 있는 일인 듯도 하나 무엇인지 당당하지 못한 인상을 선자에게 준다. 무슨 수단을 써서든지 한번 문단인이 되어보고야 말겠다는 심사에서일까?

어느 날 낯선 청년 한 사람이 사무실로 찾아왔다. 인사를 하고 보니 바로 며칠 전에 나에게 시 몇 편을 보내온 P라는 시인이었다.

작품도 신인치고는 과히 손색이 없는 것이어서 내 기억에 남아 있던 사람이라 나는 대단히 반갑게 그를 맞았다. 그러면서도 나는 그가 보내온 작품은 화제에 올리기를 피했다.

이 얘기 저 얘기 끝에 해가 저물자 그는 맥주 한잔 생각이 난다고 했다.

흔연히 자리에서 일어나 나는 그를 근처에 있는 비어홀로 안내했다.

술이 얼큰히 돌자 그는 문단의 모는 어떻고 누구는 누구하고 한 파고 하는 문단 내막에 관한 이야기를 화제에 올리기 시작했다. 모 관청에 근무하면서 묵묵히 문단에만 정진해왔다는 사람치고는 지나치게 정통한 소식통인 듯한 점에 우선 나는 불쾌감을 느꼈다.

그보다도 더욱 불쾌하게 만든 것은 술자리가 파하자 그가 술값을 치르려 한 사실이다.

　내가 《문장》지에 투고하던 시절이라 해야 20년이 채 못 되는 이야기이긴 하지만 그 시절엔 후배가 선배의 술을 얻어먹는 것이 보통이고 선배에게 술을 사겠다는 게 실례가 되어 있었다.

　P의 시가 아무리 훌륭해지더라도 그는 내 손을 통해서 시단에 소개되지는 않을 것이다.

— 《현대문학》, 1955. 8.

D. H. 로렌스의 생애

　우리나라에 있어서의 데이비드 허버트 로렌스의 성가聲價는, 다만 『채털리 부인의 사랑』을 쓴 작가로서 알려져 있는 정도에 불과하나, 그의 사후 근 30년이 되려 하는 오늘날에 이르기까지 이 작가만큼 각종의 훼예毁譽 포폄褒貶의 회오리 가운데 놓여온 작가도 드물다. 도학자류의 비평가들은 그를 가리켜 음담패설의 작가로서 타기唾棄하려 하였으나, 한편 그를 이해하는 사람들은 그를 하나의 예언자로서 숭배까지 하였던 것이다.

　일견 지극히 관능적인 작풍인 듯하면서도 그의 예술의 심오부深奧部에 흐르고 있는 것은 소박하고 강건한 인간본능을 무시함으로써 인간을 이성의 사슬로부터 해방한 다음 전적인 생명의 본질에서 파악해보려는 고매한 예술정신과 진격眞擊한 노력인 것이다.

　이 작가만큼 사고와 작품의 그 주체에 밀접하게 연관되어 있는 작가도 그리 흔하지 않을 것이다. 그것은 그의 사상과 예술을 이해함에 앞서, 우선 그의 인간을 살펴 알지 않으면 안 된다는 의미에서만이 아니라, 오히려 그 사상과 예술을 분비分泌하는 자체 그대로의 그의 존재가, 그리고 거기에 불타오르고 있는 생명의 불꽃이 치열한 무엇을 우리에게 호소하는 것이다. 그와 같은 인간이 태어나 그와 같은 생활을 영위하였다는 사실 자체가 구미문화에 대한 예리한 비판이라 말할 수도 있다. 우리들은 그의 작품 가운데 비추어져 있는 인간으로서의 고민과 진솔한 성격에 대하여 한없는 친근감을 느낀다.

작가 로렌스를 이해하려 하는 독자를 위하여, 그의 자전적 스케치를 여기에 초역해놓는다. 이것은 그의 마지막 저서 중의 한 권인 『Assorted Articles』(1930년 4월 간刊)에 수록되었던 글이다.

남들은 나에게 묻는다. "당신이 이만큼 출세를 하여 문단의 성공자가 되기까지에는 상당한 고난도 겪어온 셈이겠지요." 그러나 내가 지금 놓여 있는 인생의 위치가 성공자라 일컬을 수 있는 것이라면 나는 여기에 도달하기까지 그다지 큰 고난도 겪지 않았다고 대답할 수 있다.

나는 구석방에서 굶어 죽을 지경을 당해본 일도 없으며, 편집자나 출판사로부터의 회답을 마음 졸이며 기다려본 일도 없었다. 또 걸작을 쓰려고 피 어리는 노력도 해본 일이 없는 대신 하루아침에 일약—躍해져 문단의 총아가 된 것도 아니다.

나는 가난한 소년이었다. 극히 소액의 수입과 작가로서의 그다지 확실치 못한 고성가高聲價를 유지하기 위해서도 당연히 환경의 독아毒牙로 말미암아 괴롭히지 않으면 아니 되었고, 운명의 모진 매도 감수하지 않으면 아니 되었을 것이다. 그러나 나는 그러한 고난은 겪지 않고 지금까지 지내왔다. 모든 일이 자연히 발생했기 때문에 거기에는 나의 고통의 신음이 필요치 않았던 것이다. 물론 남들이 볼 때에는 나의 처지가 가련해 보이기도 할지 모른다. 왜냐하면 나는 숨길 길 없는 노동계급 출신의 가난한 소년이었으며, 전도前途에는 아무런 약속도 갖지 못했었기 때문인 것이다. 그러나 결국 나는 어떠한 사람이 되었는가?

나는 노동계급에 태어나 그들 가운데서 성장했다. 나의 부친은 광부였다. 그야말로 아주 평범한 광부로서 칭찬받을 만한 아무런 장점도 갖지 못한 사람이었다. 그는 출세함에 있어 자기의 체면조차 잘 유지 못했다. 밤낮 할 것 없이 언제나 술에 취해서 교회라고는 그 문턱까지도 가려고 하지 않았고 탄광에서도 하급감독들과의 싸움이 그칠 사이가 없었다.

그는 단 한 번도 좋은 채광장을 맡아본 일이 없었다. 그리하여 언제까지나 보잘것없는 청부請負광부의 처지를 면하지 못했다. 왜냐하면 그는 항상 현장에서 자기의 상급자들에 대한 좋지 못한 소문을 퍼트리기가 일쑤였기 때문이다. 그는 동료들에게 쓸데없는 일로 말미암아 감정感情을 샀다. 그러한 상태로써, 어찌 좋은 결과를 기대할 수 있었으리오. 그러면서 그는 좋은 대접을 못 받는 데 대한 불평만 말하고 있었다.

나의 모친은 부친보다는 훨씬 훌륭한 인간이었다. 그는 도회지로부터 시집 들어온 사람인데, 그의 친정은 하층 중산계급에 속하는 집안이었다. 그는 소위 '킹스 잉글리시'라는 사투리 없는 정통적인 말을 썼다. 부친이나 우리가 쓰는 지방 사투리 같은 것은 흉내조차 내지 못했다.

그이에게는 글씨 솜씨에 있어서 이태리 양식의 아름다운 글씨를 썼고, 때로 마음이 내키면 재치 있는 편지도 썼다. 만년에는 소설도 읽었으나, 『다이아나 오브 더 크로스웨이』 같은 작품은 경멸했고, 『이스트 링』에는 대단한 감흥을 받았던 모양이다.

그러나 그가 구겨진 조그마한 모자를 쓰고 재빠르고 꾀 있어 보이는 일종 독특한 표정을 짓고 있을 적에는 노동자의 아내 이외의 아무것도 아니었다. 그는 부친이 존경을 받지 못하던, 같은 정도로 남들의 존경을 받았다. 그의 성품은 민첩하고 감수感受적이어서 참다운 의미에서 상등에 속하는 인간이었다. 그러나 지금 와서는 노동계급 가운데서도 남달리 가난한 광부의 아내들의 무리 속에 몸을 떨어트리고 말았던 것이다.

나는 코가 귀염성 없이 생긴 취약하고 창백한 어린아이로서 몸이 약한 다른 아이들이 그렇듯이 어느 정도의 귀여움은 받으며 자라났다. 열두 살이 되었을 때, 군회郡會로부터 연액年額 12파운드의 급비를 받고 노팅엄 하이스쿨에 입학하였다.

학교를 졸업한 다음 3개월간은 사무원으로서 근무하다가, 과로로 인해서 폐렴을 앓게 되어 그 이후로는 평생 동안 건강은 회복하지 못했다.

1년 후 나는 초등학교 훈도訓導가 되어, 그후 한 3년 동안은 광부의 자식들을 난폭한 솜씨로 교육하고 있다가 다시 노팅엄 대학에 들어가 사범과의 과정을 이습履習하게 되었다.

나는 고등학교를 졸업할 때와 같은 기분을 가지고 대학을 졸업했다. 그곳은 인간과 인간의 생명 있는 접촉이 있는 것이 아니라 다만 환멸만이 있는 곳이었다. 대학을 나선 나는 윤돈(倫敦, 런던) 근교에 있는 크로이돈으로 가 연액 백방(百磅, 100파운드)의 봉급을 받으면서 신설의 초등학교에서 일하게 되었다.

이 크로이돈에 있는 동안 (그때 나는 23세였는데, 나의 청년기를 통해서 가장 가깝게 지낸 동무이며, 고향에서 역시 훈도 노릇을 하고 있는 어느 소녀가 내 시 몇 편을 정서淨書하여 《대영평론》지에 투고하였다. 그 잡지는 당시 포드 매독스 헤퍼의 주간 아래 화려한 재출발을 하고 있었다.

헤퍼는 나에게 대단히 친절했다. 그는 내 시를 잡지에 게재해주었을 뿐만 아니라 한번 찾아오라고까지 권해주었다. 그 소녀가 이렇게 해서 나를 무난히 문단생활로 들여보내주었다. 마치 왕녀가 밧줄을 끊고 배를 진수시키듯이.

나는 그때까지 한 4년 동안을 두고, 작품 『백공작白孔雀』의 미완성의 단편들을 나의 의식 속으로부터 끌어내려고 노력하고 있었다. 나는 그 대부분을 5~6회 이상 고쳐 썼을 것이다. 그것은 그저 때때로 마음 나는 대로 집필한 것이지, 한 개의 과업으로서, 또는 어떠한 신성한 사업으로서, 혹은 진통의 신음으로써 쓰고 있었던 것은 아니다.

나는 때때로 붓을 들어 어느 정도 쓰고 난 다음에는 그 소녀에게 보여주었다.

그 작품은 4~5년간의 경련痙攣적인 노력의 열매로써 완성했다. 헤퍼는 이 작품을 친절과 위혁威嚇이 서로 엉킨 명랑한 태도로 읽어주었다. 헤퍼는 짓궂은 몇 마디의 평을 한 다음 "그래도 군에겐 천재天才가 있어"라고 말해주었다. 나는 그것을 농담으로 들었다. 젊었을 때 나는 언제나 천재라는 말을 들어왔으나, 그것은 말하자면 내가 그들과 같은 절대적으로 유리한 지반地盤을 갖지 못한 것에 대한 위안의 말에 불과했던 것이다.

그러나 헤퍼가 말한 것은 그러한 의미는 아니었다. 나는 나를 그렇게 보아준 헤퍼 자신에게도 다소의 천재天才가 있다고 생각하고 있었다. 그는 『백공작』의 원고는 '하이네만' 서점에 보내주었다. 하이네만은 즉석에서 그 출판을 인수해준 다음 그중 단 네 줄만을 나에게 정정訂正시켰다. 그 말살抹殺도 오늘에 있어서는 누구나 미소해버릴 정도로 사소한 것에 불과했다. 나는 책이 출판 되는대로 50방磅의 인세를 받게 되었다.

그러는 동안에도 헤퍼는 《대영평론》에 나의 시와 단편을 게재해주었다. 남들은 그것을 읽고 나를 작가라고 불러주었으나, 나에게는 곤혹과 분개 이상의 아무것도 아니었다. 나는 남들의 눈에 한 개의 작가로서 빛어지는* 것이 싫었다. 그뿐 아니라 나는 훈도란 직업을 가진 몸이었다.

내가 25세가 되던 해, 모친이 세상을 떠났다. 그 2개월 후, 『백공작』이 출판되었으나 그것은 나에게는 아무 의미도 없는 일이었다. 나는 그 후에도 훈도생활을 한 1년 동안 계속했다. 그러다가 폐렴이 재발되어 중

* '비춰지는'의 오류로 보임.

단하지 않으면 안 되게 되었다. 몸이 성해진 후에도 나는 학교로 돌아가지는 않았다. 그 이후로는 줄곧 지금까지 얼마 안 되는 문필수입으로 살아왔다.

나는 훈도생활을 그만두고 나서 독립한 문필생활로 들어간 지 17년이 된다. 나는 그동안 아직껏 아사 지경에 이르러본 일은 없다. 그러면서 최초의 10년간의 수입이란 훈도생활을 함으로써 받아오던 수입보다 더 많아본 일은 없었고, 오히려 그보다도 적은 때가 간혹 있었다.

그러나 사람이란 가난한 가정에서 자라나면, 극히 적은 돈으로도 충분히 지낼 수 있는 법이다. 지금의 나의 처지들을 본다면, 다른 사람들은 모르되 나의 부친만은 자기의 아들이 부자가 되었다고 생각할 것이다. 그리고 모친은 나 자신의 마음과는 달라 자기의 아들이 출세했다고 생각할 것이다.

그러나 나 자신에게 아니면 이 세상에 혹은 그 쌍방에 어떠한 오류가 존재해 있다. 나는 먼 곳에도 가보고, 수많은 사람과 만나보기도 했다. 여러 가지 종류와 가지각색의 환경의 사람들과 만났다. 내가 충심으로부터 호감을 느끼고 또 존경할 수 있는 사람들과도 만났다.

사람들은 개인으로서는 거개擧皆가 항시 우정적이었다. 다만 비평가에게 관해서는 아무 말도 안 해두기로 하자. 그들은 보통 사람들과는 좀 다른 종류의 동물이기 때문이다. 이와 같이 나는 적어도 나의 인간끼리의 벗들과는, 진실한 우정적인 기분으로 사귀려 해왔다.

그러나 그것은 뜻대로 되지 않았다. 내가 이 세상에 처해서 출세했는지 못했는지, 그것은 의문이다. 그러나 이 세상과의 대결이 원활하지 못한 것만은 확실하다. 내가 인간적인 의미에서 보아 성공자가 아니라는 것은 우선 나 자신 느낄 수 있는 사실이다.

내가 이렇게 말하는 의미는, 나와 사회와 사이에 혹은 나와 다른 사람들 사이에 마음과 마음의 참다운 접촉이 있다고 느껴지지 않는다는 뜻이다. 거기에는 커다란 균열이 있다. 그리하여 나의 접촉은 비인간적인 비음성적인 그 무엇을 상대로 하고 있는 것이다.

나는 이것이 구라파의 노쇠, 혹은 피로라는 것과 관계되는 바가 있다고 생각해왔다. 그러나 다른 여러 지방을 검토하고 나서부터는 그것이 그렇지 않다는 것을 발견하였다. 구라파는 아마 다른 어느 대륙보다도 피로하지 않은 대륙일 것이다. 그 이유는 그곳에 가장 많은 사람이 살고 있기 때문이다. 사람들이 살고 있는 곳은 생신生新한 곳이라 할 수 있다.

나는 미국에 갔다 돌아와서부터는 왜 나 자신과 내가 알고 있는 사람들과 사이에는, 그렇게도 접촉이 부족한가 반성하기 시작했다. 왜 그 접촉은 생신한 뜻을 갖지 못하는 것일까?

내가 이와 같은 의문을 적고 거기에 해답을 붙이려고 하는 것은, 그것이 많은 사람들을 괴롭히고 있는 문제이기 때문이다.

그 의문에 대한 해답은 내가 관찰하는 바에 의하면, 계급이라는 것과 무슨 상관이 있는 듯하다. 계급이라는 것은 한 개의 커다란 균열을 만들어놓는다. 거기에 걸리면 최상의 인간적 유동流動이 모조리 소실되어버리고 만다. 영국에서 이와 같은 죽음의 상태를 만들어내고 있는 것은 중산계급의 승리라고 해서는 정확하지 못할 것이고 중산계급이 가진 '물질'의 승리라고 하는 것이 정확할 것이다.

노동계급의 출신으로서 나는 중산계급에 속한 사람들과 동석에 있을 때에는 나의 생명의 진동의 일부가 그들로 말미암아 절단되는 듯한 느낌을 느꼈다. 나는 그들이 대체로 애교가 있고, 높은 교육을 받은 훌륭한 사람들이라는 것은 인식한다. 그러나 그들은 확실히 나의 활동의 일부를 중단시키고 마는 것이다. 어딘지는 모르겠으나 어느 한 부분이 배재되지 않으면 안 되게 되는 것이다.

그러면 어찌하여, 나는 노동계급의 제군들과 더불어 살려 하지 않는가? 그것은 그들의 생명의 진동이, 또 다른 방향에 있어서 역시 치우쳐진 것이고, 불충분한 것이기 때문이다. 그들의 생각은 좁으나 상당한 깊이가 있고 열정적이기도 하다. 그런데 중산계급에 이르러서는 그것이 넓기는 하나 깊이가 없고, 열정이 결여되어 있다. 전연 무열정이다. 기껏해야 그들은 그 대신에 정애情愛를 표시하는 데 끌린다. 정애가 중산계급의 위대한 적극적 감정인 것이다.

그러나 노동계급은 시야나 관념이 좁고 지능도 천박하다. 이것 역시 한 개의 뇌옥牢獄을 형성하는 요소이다. 우리들은 절대적으로 어느 계급에도 속할 수 없다.

그러나 예를 들어, 이 이태리에서는 나는 나 자신이, 이 별장의 밭을 갈고 있는 농부들과 어떠한 침묵의 접촉 가운데 살고 있다는 것을 깨닫는다. 나는 그들과 친하지 못하며, 그저 조석인사를 주고받을 정도이다. 그리고 그들은 나를 위해서 일하고 있는 것도 아니고, 내가 그들의 상전인 것도 아니다.

그러면서 그들이 참다운 나의 주위가 되어 있는 것이다. 그리고 그들로부터 어떠한 인간적인 유동流動이 나에게 흘러오고 있는 것이다. 나는 그들과 더불어 그들의 농가에서 살고 싶다고 생각하지는 않는다. 그곳은 필시 일종의 뇌옥일 것이다. 그러나 나는 그들이 내 가까이 있어서 그들의 생명이, 나의 생명과 연관을 가지면서, 흘러 내려갈 것을 원하고 있다. 나는 그들을 이상화하려 하지는 않는다. 나는 그들이 이 지상에서나 현재 미래에 있어서나 황금시대를 만들어내 줄 것이라는 기대를 가지려 하지 않는다. 나는 다만 그들 곁에 살고 있을 따름이다. 왜냐하면 그들의 생명은 아직 유동하고 있기 때문이다.

그리고 지금 와서야 나는 좀 깨닫기 시작한 것이다. 왜 내가 하다 못해서 파리나 웨일스의 사람들, 즉 평민 가운데에서 태어나 그와 같이 성공자가 된 사람들 틈에 낄 수 없는가 하는, 이유를 깨달았다. 지금 와서야 비로소 나는 왜 내가 사회에서 출세하고 조금이라도 인기라는 것을 획득할 수 없었던가 하는 이유를 깨달았다.

나는 자기의 계급으로부터 중산계급으로 이동할 수는 없다. 지력적知力的 의식이 일단 배타적인 것이 되어버리고 말면 거기에는 다만 희박한 허위의 지력적 자부심만이 남게 된다. 그런 것에 대치하기 위해서 나는 자기의 열정적인 의식을 버리고, 나와 같은 동료인 인간, 동물, 토지에 대한 나의 낡은 혈족적인 친화감을 도저히 내버릴 수 없는 것이다.

이 작품집에 수록한 5편의 단편들은 로렌스가 편력한 각 시대에 있어서의 그의 특색을 가장 잘 나타난 작품들이다.

각 작품의 공분모公分母로서 두 가지 유형의 남성이 등장하고 있다. 예를 들면 작품 「봄볕」에 나타나는 '사이손'과 '빌비임'이 그러하다. 즉 사이손은 현실의 로렌스 자신이 모델인 것이고, 빌비임은 작자 로렌스가 항상 이상으로서 가슴에 품어오던 남성의 타입이다.

그의 여러 장편에 일관하여 나타나 있는 그의 대여성관對女性觀, 즉 영육靈肉일치를 부르짖는 로렌스의 인생관이 이 짤막한 단편들 가운데에도 유로流露하고 있는 것을 우리는 쉽사리 발견할 수 있다.

급한 시일에 역료譯了한 것이라 오역이 한두 군데가 아닐 듯하나, 기회 있는 대로 정정할 생각이다. 양해를 청해두는 바이다.

계미癸未 노염老炎

부산 율아당栗雅堂 서관書觀에서(1955)

— 『사랑스러운 여인』 해설, 청수사, 1955.

낡은 의상을 벗은 해
— 정유문화계 총평

　어떠한 것을 이루어놓았다는 충족감까지는 채워주질 못했으나 "금년에는 분명히 무엇이 싹트기 시작했다"는 그러한 흐뭇한 기대만은 남는 한 해였다.

　즉, 스스로가 처해 있는 시대와 과감히 대결하여 그 시대정신, 좀더 겸허한 표현으로 한다면 시대감각 같은 것을 자기의 작품 가운데 반영시켜보겠다는 시인들의 결의가 점차 성공적으로 구체화해가고 있다는 사실이 그 이유의 하나다.

　한국의 시가 지닌 전통 내지 생리는 1950년대의 기온氣溫에 대해선 다시없이 취약했다. 그렇기 때문에 기성이라고 일컬어지는 시인들은 자기의 의상이 좀 무거워졌다고 느끼고 나서도 좀체 그것을 벗어던질 용기를 가지지 못해왔다. 벗어던지는 그 순간에 감기가 들릴 염려가 다분히 있었기에 말이다.

　한국의 시가 그 서정에 있어서 대단히 자랑스러운 전통을 지니고 있음을 부정할 사람은 아무도 없다.

　그러나 이 전통, 다른 말로 풍토성은 실은 적만 벨 수 있는 도(칼)가 아니라 때로는 자기 자신이 다칠 수도 있는 양날 양인의 검이었던 것이다. 아니 오늘날 와서는 자기 자신의 부상률이 더 높은 말하자면 대단히 비능률적인 무기가 되고 말았다.

이렇게 되고 보면 감기를 무릅쓰고라도 낡은 의상을 한 번 벗어 붙여 보자는 생각이 드는 것이 오히려 당연한 일일지도 모른다.

시인들은 일부 기성시인들마저도 당황하기 시작했다. 이리하여 서정의 자괴작용은 급속도로 진행되었다.

대체로 이것이 과거 십년간의 시단적인 기후라고 할 수 있다면 그러는 동안에 한국의 시인들은 스스로의 활로를 어디에 구했었던가 하는 것이 다음의 문제가 되었다.

어쨌든 새로운 '테제'를 꾸미고 새로운 체제를 갖추어야겠다. 시인들은 성급히 이렇게 결심했다. 이것 역시 일종의 혁명이라고 한다면 거기에 열광과 맹목적인 파괴가 수반한 것도 무리가 아니다. 피상적으로 파악된 '모더니티'가 재래한 결과는 '폼'*에 대한 무지각한 파괴 이상의 아무것도 아니었다. 오래지 않아 대다수의 시인들이 이 혁명을 불신하게 되었을 때 수많은 혁명의 용사들(모더니스트)이 그들의 전장에서 쓰러졌다. 혁명의 노도가 지나간 다음 한국의 시인들은 다시 한 번 냉정히 스스로의 시대적인 위치를 살펴볼 여유를 가졌다. 그리하여 한국의 시인들은 서정성과 비평성의 융합의 가능성을 모색하기 시작했던 것이다. 앞서 서두에서 필자가 말한바 금년에 있어서의 한 오라기의 희망이란 바로 이 가능성의 증대를 보고 한 말이다.

이런 의미에서 김춘수, 송욱, 김수영, 김구용, 전봉건, 박희진, 박성룡, 성찬경, 이일, 민재식 등이 주목할 만한 작품활동을 하였다.

| * 형식.

191

김춘수 「꽃을 위한 서장」(《문학예술》7.) 「나목과 시」(《현대문학》3.)*가 걸치고 있는 지성의 의상을 일견하고 섬약해 보인다고 말하는 사람도 있지만, 이 신사의 의상이 좀체 해지지 않을 것을 필자는 담당한다. 섬유 사이사이에는 강인한 금속의 세선細線이 섞여 있기 때문이다.

송욱 「하여지향何如之鄕 3」(《사상계》), 「하여지향 6」(문 8)의 노악露惡취미에는 벽이辟易하지 않을 수 없으나 그 날카로운 사회풍자와 대등한 시어 실험이 금년도 우리 시단에 기여한 바를 간과할 수가 없다.

김수영 「눈」(문 4), 「예지」(현 1) 역시 지성의 시인이라 하겠는데, 김춘수의 지성과는 여러 가지 모로 이질적이라 아니 할 수 없다. 김춘수가 언제나 고지식하고 곱고 겸엄한데 비하여 이 시인은 짓궂은 해학도 지니고 있다. 곧잘 사람을 놀리고 나서 고소를 즐기는 버릇이 있는데 그것은 아마 이 시인이 그 마음속에 커다란 슬픔을 지니고 있기 때문인지도 모른다.

김구용 「중심에서의 접맥」(문 6), 「소인」(현 2~3)이 금년에 시도한 장시형식에 대한 포폄은 내가 듣는 바로 대체로 반반인 모양이다. 흠하는 사람은 "말할 말은 많고 압축할 능력이 없어서"라고 하지만 필자는 이러한 시도가 추상능력 결여에서 오는 것이 아니라 시 형식에 대한 견식 있는 개척이라고 믿고 싶은 것이다. 우선 한국 시가 가진 호흡을 단련하여 그만큼 길게 만들어주었다는 공만 해도 적지 않다고 보는 것이 그 한 가지의 이유이고 또 박희진 「미아리묘지」(문 5), 전봉건 「은하를 주제로 한 바리아시옹」 등의 경우를 보아서도 장시에 대한 흥미 내지 관심은 결코 우연한 것이 아님을 짐작할 수가 있다는 게 그 또 한 가지의 이유다.

허용된 매수의 제주制肘를 받기 때문에 개개인에 대한 언급은 이만 할

---

* 이하 '문'은 《문학예술》, '현'은 《현대문학》을 가리킨다.

애하기로 하고 서두에 말한바 금년에 싹튼 또 한 가지의 희망의 씨로서 한국시인협회의 결성과 그 몇 가지 업적을 적어두기로 하겠다.

과거에 있어서의 우리나라 문단의 단체운동이 문학 그 자체를 위해서는 오히려 유해무익한 존재였었다는 것은 필자가 여기에 누누이 예를 들어 설명할 필요가 없다고 생각한다.

그러한 의미에서 "이상한 세력권의 형성과 문단 정치욕에 대한 도취 밖에 다른 능사가 없던 문화단체운동"을 양기하고 문예단체의 분과별 재편성을 솔선 감행하여 문화단체운동에 신풍을 자아냈다는 것은 금년도의 커다란 쾌사라 하지 않을 수 없다.

이렇게 해서 탄생한 한국시인협회는 그 기관지로서 《현대시》(출판사의 사정으로 완전한 월간으로는 나오지 못했지만)를 가지게 되었고 한국에서 가장 공정하고 권위 있는 시인상을 지향하여 시협상을 제정했다(이미 제1회 수상자를 선정하고 불원 시상식을 거행하리라 한다).

이밖에 우리 현대시의 대외 소개를 위한 영역판 한국 시집도 현재 조판을 완료하여 신춘 초에는 간행되리라고 전한다.

— 《경향신문》, 1957. 12. 14.

정신생활 현실의 옳은 반영
― 새로움을 찾는 길

　‘새롭다’는 사실은 그 상태 자체 매력에 넘친 일인데도 불구하고 시 분야에 있어서만은 언제나 경계의 눈초리로 관찰되어왔다.

　여기에는 여러 가지 이유가 있겠으나 그중에서도 가장 주요한 이유는 ‘새로움’을 추구하려는 노력이 시의 ‘폼’에만 편중되어 그 결과로서 오히려 시정신의 진실을 전달하는 데 실패하는 것을 보아왔기 때문이다.

　즉 ‘새로움’에 대한 의의意義 파악방법 자체에 어떠한 오류가 있었던 것이다.

　새롭기 위해서 표현 형태의 구투를 벗어야 하겠다고 생각한 것만은 극히 자연스러운 착상이었으나 낡은 발상방법에다 새로운 표현 형태를 주어서 거기에 새로운 시의 탄생을 바랐던 것은 대단히 무모한 일이라 아니할 수 없다.

　사실 이와 같은 방법으로서 제작된 작품치고 엄격한 비판을 감당해 낼 만한 것이 단 한 편도 없었다는 것을 우리는 잘 알고 있는 것이다.

　시를 규정한 가지가지의 정의 가운데 비교적 우리를 만족시켜주는 말로써 피에르 로베르티의 “시란 정신과 현실이 비등적인 교섭이 있은 후에 침전하여 생겨난 결정이다"라는 정의가 있는데, 시의 본질이 과연 그러한 것이라면 시는 우선 우리의 정신생활의 현실을 있는 그대로 반영하는 것이라야만 할 것이다.

우리의 정신생활의 현실이 왕조풍의 서정이나 영탄이 아님은 재언할 필요조차 없다. 우리의 세대는 동족상잔의 뼈저린 참화를 겪었고 우리의 정신은 날카롭게 대립하는 두 개의 사상을 숙명의 짐으로서 등지고 있다.

그리고 전 인류의 멸망을 약속하는 전쟁발발 가능성도 쉴 사이 없이 우리를 위협하고 있는 것이다.

이와 같은 불안을 구원하는 무엇까지는 못 될망정 적어도 이처럼 절실한 위기의식을 시는 그 발상에 있어서 옳게 반영해 있어야 할 것이 아니겠는가.

이러한 의미에서 이즈음 자주 논의되고 있는 시의 사회참가라는 문제도 우리는 그것을 다시 한 번 진지하게 생각해볼 필요가 있다.

우리나라의 시인들은 공산주의자들의 '아지프로*'의 시나 군국 일본의 침략전쟁 찬양의 시를 보아왔기 때문에 사회참가라는 말만 들어도 우선 상의 찌푸리는 버릇이 있으나, 필자가 여기서 사회참가라고 말하는 것은 그와 같이 특정한 정치적 목적에 대한 봉사를 의미하는 것이 아니라 자유인간으로서의, 자율적인 그것을 말하는 것이다.

하나의 가정으로서 우리가 독재의 압정 밑에서 신음하고 있는 사람들이라고 한다면 그러한 시대에 처한 시인들이 돌아앉아서 꽃과 별을 노래할 여유를 가지지는 못할 것이고, 설사 그러한 시인이 있다고 할지라도 그 작품이 읽는 사람의 공감을 자아낼 수는 절대로 없다.

만약에 우리가 그릇된 경제정책으로 말미암아 굶주림에 허덕이고 있

| * 선동을 목적으로 하는 선동.

는 사람들이라고 한다면 마땅히 그 굶주림이 그날의 시의 주제가 되어야
할 것이다.

　새로운 시를 필자는 일단 이렇게 정의해놓은 다음, 비단 '새로움'을
모색하는 방법으로만이 아니라 우리나라의 시의 쇠약을 극복하는 방법
으로서 토론의 활발한 전개를 전체 시단에 제의하고 싶다.

— 《동아일보》, 1958. 1. 17.

국제시학회의에 관해서

— '한국시협'이 그 기구에 가입하면서

　구랍舊臘,[*] 한국시인협회가 시인단체의 세계기구인 국제시학회의로부터 가입승인 통고를 받았다는 보도는 한국시단을 위한 근래에 드문 낭보다. 이는 질식 지경에 놓인 한국시단에 청신淸新한 공기를 불어넣어주는 계기가 될 것이며, 또 한편 한국시단의 소산所産 가운데서 자랑스러운 부분을 외국 독자와 전문가들에게 소개하여 이를 과시할 좋은 기회가 될 것이기 때문이다.

　국제시학회의Biennale Internationals de Poesis는 그 본부를 벨기에의 수도 브뤼셀에 두고 지금까지 전 세계 52개국이 회원국으로서 등록되어 있는데, 금번 대한민국의 가입으로써 그 총 회원국 수는 53개국으로 는 셈이다.

　필자가 가진 문헌에 의하면 극동에서는 1954년도에 가입한 일본에 이어 대한민국이 두 번째의 가입국이다.

　국제시학회의는 기관지 《Le Journal des Poets》의 간행과 시집 및 시

---

[*] 음력으로 지난해 섣달, 12월을 가리킨다.

학관계문헌의 국제교류 및 시인들의 국제회의(부정기)의 개최 등을 주요 사항으로 삼고 있는데 특히 2월 간행 기관지는 창간 27주년(1930년 창간)의 전통을 지닌 권위 있는 시학전문지로서 현재까지 세계 각국 1,700명의 시인들을 동원하여왔다고 한다. 지금 이 시지詩誌의 편집을 담당하고 있는 사람은 피에르 루이 플로퀘Pierre Louis Flouquet와 아르튀르 울로 Arthur Haulot인데, 모두 시인으로서 문명이 높은 사람들이다.

그리고 최근에 있는 국제집회는 1954년에 '쿠느크 르 주르'에서 개최되었는데, 이 해에는 세계 20개국으로부터 300여 명의 시인들이 대표로 파견되어 불란서 대표 장 카수의 사회하에 '시와 언어'라는 주제를 중심으로 연 4일간 진지한 토의를 계속했다고 한다. 회會기간에는 본회의 이외에도 관광 축제의 개최, 시낭송, 무용, 고전극의 감상, 공식오찬 만찬 등의 다채로운 일정이 마련된다고 한다. 본회의에서의 사용언어는 불란서어로 되어 있으나 영럿떱서(스페인) 등 모국어를 사용하는 스피치도 적당한 통역만 있을 경우에는 허용된다고 한다.

참고삼아 54년도 회의에 참가했던 주요 대표를 소개하면 대강 다음과 같다.

- 불란서: 카수, 간조, 마리 장 뒤리, 루이 기욤, 조르주 무냉, 앙드레 스피로 • 이태리: 리오네르 피우메 • 미국: 존 말컴 부리닌, 알렌 보스케 • 독일: 샬롯 호프만 • 화란: 이니트 스타키

이밖에 이채를 띤 대표로서는 흑인의 공화국 세네갈이 보낸 흑인시인 테로도르 세다르 상고가 있었다.

지금 소집계획 중에 있는 국제회의는 내來 1959년 9월에 역시 벨기에에서 개최될 예정이라고 한다.

앞으로 이 국제기구의 일원으로서 한국을 대표할 단체는 당연 한국시인협회겠으나 시인의 한 사람으로서 시협에 대해서 요망하고 싶은 것

은 해외에 소개할 작품이나 파견대표의 인선 등에 있어서 지금까지의 다른 문학단체의 경우에서 보던 바와 같은 불공정을 절대로 피해 달라는 일이다. (필자·한국시인협회간사)

— 《조선일보》, 1958. 1. 20.

상반기 시단의 인상

편집자가 나에게 과한 제목은 상반기 시단의 총평이었는데 나는 생각 끝에 그것을 인상이라는 말로 바꿔놓아보았다. 남의 작품을 비평하는 사람이 지지 않을 수 없는 심리적인 부담을 면하고 겸손하게 감상이나 몇 마디 적어두자는 심산에서다.

자료라고 해서 모으느라고 모아본 월간지가 《자유문학》(1, 2월호), 《현대문학》(1월호), 《사상계》, 《신태양》, 그리고 새로 창간된 《사조思潮》와 《지성知性》등 도합 23권이고, 여기 게재된 작품의 편수는 231편이었다.

지나간 반년간에 활자화된 시작품은 이밖에도 여러 가지 정기간행물에 게재된 부분과 단행본으로서 출판된 시집에 수록된 분이 있을 것이니 그 총 편수로 한다면 천 편에 가까운 시작품이 발표되었으리라고 추측된다. 이런 점에서 총평을 맡은 사람이 참고로 한 자료치고는 두찬杜撰하다는 흠을 잡을 사람이 있을지도 모르나, 전기前記한 200여 편의 작품만을 가지고도 작금의 우리나라 시단이 디디고 선 공분모를 찾아내기에 그다지 큰 불편이 없으리라고 필자는 생각했다.

구랍舊臘, 어떤 일간지를 위해서 쓴 시단의 연간총평에서 나는 서정성과 비평성을 융합시키려는 노력의 싹을 지적한 일이 있다.

그러한 노력이 우리나라의 시정신의 쇠약을 막는 가장 좋은 처방임을 나는 지금도 굳게 믿고 있는 것이다. 서정이 그 본질에 있어, 시정신의 '정靜'의 면이라고 한다면 비평성은 '동動'의 면이요, 대상의 어떠한 변모를 예상 또는 기대한다는 점에서 적극적이고 진취적인 창작태도라고 말할 수 있을 것이다.

모아들인 자료를 읽어가면서 나는 이 비평성의 싹이 굳세게 자라나고 있음을 보고 적이 만족할 수가 있었다. 이러한 계열의 시에도 그 가운데에 두 가지의 흐름이 있음을 손쉽게 알아낼 수가 있었다. 즉 내향하여 깊이 파들어 '자기'를 응시, 관조하는 태도와 외향하여 현대문명, 그 자체와 날카롭게 대결하려는 태도가 그것이다.

김수영金洙暎은 57년도에도 남을 만한 일을 많이 한 시인이지만 금년 들어서도 눈에 뜨이는 일을 하고 있다.

　　뮤즈여
　　용서하라
　　생활을 하여나가기 위하여는
　　요만한 경박성이 필요하단다.

이렇게 시작된 「바뀌어진 지평선」(《지성知性》 하계호)에서, 그리고

　　명령하고 결의하고
　　평범하게 되려는 일 가운데에
　　해초처럼 움직이는
　　바람에 나부껴서 밤을 모르고

언제나 새벽만을 향하고 있는
투명한 움직임의 비애를 알고 있느냐

이렇게 속삭이는 「비」(《현대문학》 6월호)에서, 우리는 한층 더 규각圭角
이 둥글어진 그의 인간관을 보는 것이다. 폭발성이라곤 조금도 찾아볼
수 없는 평범한 시어를 가지고 겸손하게 저성低聲으로 독자들에게 이야기
하는 그의 작품 가운데는 현대에 처하는 사람의 연회색의 우수와 애처로
우리만치 준열한 저항의 자욱이 엿보인다. 그러나 내가 이 시인에게 기
대하고 있던 독설이나 오만한 미소가 자취를 감추고 있음은 한편 섭섭한
일이라 아니할 수 없다.

57년도 한국시인협회 공로상수상자의 물망에 올랐고 '자유문학상'
심사에 있어서도 가장 유력한 후보자의 한 사람이었다고 측문仄聞하는 김
현승 역시 대방가大方家다운 노련한 레토릭의 솜씨를 주었다.

길들은 치마끈인 양 풀어져
낯익은 주점과 책사冊肆와 이발소와
잔잔한 시냇물과 푸른 가로수들을
가까운 이웃으로 손잡게 하여주는

이것은 《신태양》 6월호에 실린 「산줄기에 올라」라는 작품의 일절이
다. 시의 새로운 존재양식을 추구한다고 두 주먹을 불끈 쥐고 서둘러대
기만 하는 젊은 시인들이 차근히 읽고 반성할 재료가 되는 작품이라 하
겠다.

청록파 3가三家 가운데서는 가장 개성이 강하고 너무나 짙은 자기의
색채 때문에 일찌감치 슬럼프에 떨어지고 만 박목월은 오늘날까지 내가

아는 어느 누구보다도 탈피를 위하여 피어린 노력을 쌓아온 시인이다. 그 목월이 요즘 와서 가끔 필자에게 늙은 타령을 해댄다. 하기야 아들이 대학에 들어가 오래지 않아 자부子婦라도 보아야 할 형편이고 자신의 나이로 말하더라도 망오십望五十이면 젊었다고는 할 수 없는 노릇이겠지만 필자로서는 그것이 마땅치 않다. 그러면 그는 작품에 있어서의 자기의 새로운 가능을 일체 단념해버린 것일까? 여기 한 구절 인용하는 것은 그가 《신태양》 5월호를 위해서 쓴 「적막한 식욕」이라는 작품이다.

> 그리고 마디가 굵은 사투리로
> 은은하게 서로 사랑하며 어여삐 여기며
> 그렇게 이웃끼리 이 세상을 건너고 저승을 갈 때
> 보이소 아는 양반 아닝기요,
> 보이소 웃마을 이생원 아닝기요,
> 서로 불러 길을 가며 쉬며
> 그 마지막 주막에서
> 걸걸한 막걸리잔을 나눌 때
> 절로 젓가락이 가는 쓸쓸한 음식.

일본의 시인 미야자와 겐지[宮澤賢治]의 저 유명한 절필을 읽을 때와 마찬가지로 은은한 원광圓光조차도 비쳐 보일 만큼 원숙한 작품이다. 그러나 그가 끝내 자기의 세계에서 벗어나질 못한 것은 동도의 우인의 한 사람으로서 섭섭함이 없을 수는 없다.

요설체의 실험은 별로 큰 파탄도 보이지 않은 채 아직도 꾸준히 계속되고 있다. 최근 파리로부터 돌아온 친구에게서 들은 이야기지만 그곳 시단에서도 그러한 시도가 유행하고 있다고 하는데 우연한 일치라고 한다면 때를 같이한 이러한 경향의 발생 이유는 일고의 가치가 충분히 있는 것으로 생각된다.

「요기도療飢圖」(《자유문학》 6월호) 「입맞춤의 침묵」(《현대문학》 6월호)의 김구용金丘庸, 「암흑을 지탱하는」(《자유문학》 6월호), 「흙에 의한 시 삼편」(《지성》 하계호)의 전봉건全鳳健 등이 다 같이 이 요설체라는 형상 형식에 기대어 서 있지만 두 사람의 시를 나란히 놓고 검토해보면 이 두 시인의 개성이나 발상양식은 결코 동질의 것이 아님을 쉽사리 알아낼 수가 있다.

> 지하식당에서 담배 연기는 어지러이 흩어지며 파르고롬한 치맛자락으로 너울거리다간 사라지다. 나는 굶주림에서 반사하는 열사熱砂와 암어闇語의 현증眩症을 조절하려 더 섰지 못하고 썩은 나무토막에 주질러 앉았다.……(「요기도」, 김구용)

요설체의 시에 있어서는 시어 하나하나의 '작열력炸裂力'을 필요로 하지는 않는다. 수많은 단어가 퇴적되어 거기에 이루어놓는 무드 그 자체에 의미가 있는 것이기 때문이다. 단어 하나하나를 따져보면 아무 신기도 없는 낱말들이지만 모아놓고 읽어보면 암야에 인광燐光을 발하는 촉루의 요기妖氣로운 아름다움을 대하고 있는 것과 같은 독특한 분위기를 느끼게 되는 것이다. 김구용의 예술 비결은 이런 데에 있는 것인지도 모른다.

김구용, 전봉건, 이 두 시인의 작품이 비슷한 양식으로 형상되고 있으면서 그 실은 이질적이라는 이유를 구체적으로 여기에 설명하지 못해서 안타깝지만, 김구용이 동양적인 발상을 하는 데 비하여 전봉건의 그것이 보다 서구적이라는 점만은 단언할 수가 있을 것 같다.

나는 그렇게 생각한다. 수없이 피투성이가 되었던 우리의 흙이 무수한 사람들의 통곡과 원한에 사무친 죽음으로 뒤덮인 우리의 흙이 사과나무를 꽃피게 하고, 그 가지가 휘어지도록 자양滋養과 감미甘味의 무게를 주는 일을 되풀이하는 것은 그 한량없는 암흑이 풍요한 무엇으로 해서 지탱되었던 탓이라고—.(「암흑을 지탱하는」, 전봉건)

우선 양명陽明한 백주白晝의 감각이 있는 사람을 휩싼다. 짜임새가 모자란다는 흠이 있을지도 모르나 이것은 그가 넓은 진폭을 가진 까닭이라고 생각하고 앞날의 비약을 기대하기로 하자.

최근 미국시단의 하나의 흐름으로서 '교외정신'이라고 하는 게 있다고 한다. 대부분에서 한 걸음 나간 곳에 청결한 주택지대가 있어 호화롭지는 못하나 아담한 소주택小住宅 취미라고나 할까? 우리나라에서는 조병화의 시에서 필자는 이 '교외정신'을 느껴 알 수가 있다. 아름답기도 하고 멋지기도 하지만 벅찬 공감까지는 끌어내지 못한다. 슬프고 고독하다고 노래하고 곧잘 우울한 표정도 지어 보이기도 하지만 이 시인은 조금도 슬프지 않은 것 같고 고독하지도 않은 것 같다. 이 시인은 그러한 감정을 '적당히' 향락하고 있는 것이다.

이렇게 써나가다가는 한이 없을 것 같아서 개개인에 대한 언급은 이만 줄이기로 하고 《현대문학》 6월호의 「한국시단의 현황과 현대시의 기본과제」라는 설문에 응하여 신석초가 말한 「국어가능성 추구」라는 과제를 빌려서 나도 우리나라 시단에 제안하고 싶다.

— 《사조》, 1958. 7.

시천기詩薦記 *

전에 그어놓았던 선을 기준으로 한다면 응당 추천권 내에 들 만한 작품들도 있었지만, 이번에는 없는 대로 한 호를 더 기다려보자는 게 조지훈 씨의 의견이었다. 이 점은 나에게도 이의가 없었다. 그러한 작품들에도 어딘지 믿음직스럽지 못한 구석이 엿보였기 때문이다. 그러던 차에 마지막으로 들어온 몇 편의 시에 끊어버릴 수 없는 애착이 남았다. 이 달에는 모험 삼아 나의 독단으로 이분의 시를 추천해보기로 한다.

윤일주尹一柱 씨의 「설조雪朝」, 「푸른 혈액」, 「제주항아리」, 이 셋 가운데에서 「설조」 한 편만이 추천된 이유를 윤씨 자신은 한번 깊이 생각해보아야 할 것이다. 「제주항아리」는 가벼운 터치의 수채화 한 폭을 보는 듯한 인상은 준다. 흉할 바 없는 기교이나 내포된 포에지는 없다. 이미 일가를 이룬 사람의 답보시대의 작품과도 같다. 더 벅차고 야심적인 창작태도를 권하고 싶다. 「푸른 혈액」은 전자와는 대척적인 위치에서 발상된 작품이라 할 수 있겠지만, 지나치게 '심플리파이'한 결과 혼자놀음이

---

* 이 글은 이한직이 《문학예술》의 시 추천 위원으로 활동하던 당시 신인 추천과 관련하여 1955년부터 1957년까지 쓴 추천사 겸 투고시에 대한 검토의 글이다. 글의 말미에 게재연월만 밝힌다.

되고 말았다. 김남석金南石 씨의 「촛불을 켭니다」, 「벙어리」, 「산울림」, 「소쩍새 울음 속에」 등 네 편 중에서 굳이 뽑아야 한다면 「소쩍새 울음 속에」를 뽑게 될 것이다. 이분의 시의 질이 고르지 못하다는 것이 추천을 주저케 하는 이유일 것이다. 다음 작품을 기대한다.

그리고 이번 선選에 마지막까지 남아 올라온 작품으로 김월강金月江 씨의 「낙화암」, 「노을」이 있었으나 이분 작품에는 귀를 거슬리는 요설이 있는 게 흠이었다.

— 1955. 6.

피아노교사가 제자를 받을 때 다른 선생에게 배워본 경험이 있는 사람보다는 차라리 아무것도 모르는 사람을 탐탁하게 여기게 되는 것은 기술을 곱게 연마하는 데 방해가 될 무슨 버릇이나 들지 않았을까 라는 염려 때문이다.

짜임새가 모자라고 작품에 어리고 서툰 구석이 엿보이는 것은 지금부터 시를 배워보자고 하는 사람에게 있어 그다지 크게 흠 되는 일이 아니다.

서투르게 째이고 조그마하게 완성한 작품보다는 솜씨는 어리면서도 천진무구한 소질을 지니고 권도權道를 피하면서 정정당당히 시의 아성에 육박하는 태도, 이것이 더 소중한 일이라 생각한다.

조지훈 씨가 날씬한 짜임새를 갖춘 여러 작품을 두고 박희진 씨의 「무제」를 골라낸 것도 이러한 뜻에서라 생각하였기 때문에 나도 아무런 이의 없이 그의 의견에 좌단左袒하기로 했다.

우리의 조상俎上에 오른 작품은 「디오게네스의 노래」, 「백치의 노래」, 「무제」, 「당신은 이제」 등 모두 네 편이었는데 지면관계로 그중의 한 편만을 발표하게 되었기 때문에 그중에서 왜 「무제」가 선택되었는가라는 연유를 기록하는 것은 비교할 편의를 가지지 못한 독자들에게는 무의미한 일이라고 생각하여 이를 할애하기로 한다.

박희진 씨는 앞서 말한바 자기가 지닌 소질을 잊지 말고 더 많은 정진을 쌓아나감으로써 심사하는 사람들의 기대를 어기지 말아야 할 것이다.

그동안 사의 형편으로 상당히 장기에 걸쳐 잡지가 휴간되었던 것도 이유일지 모르나 속간호에 추천된 윤일주 씨의 그다음 작품을 투고시 뭉치 가운데서 찾아볼 수 없었음이 유감이다.

투고하는 분에게 한 말씀하고 싶은 것은 한 편씩의 투고보다는 몇 편을 모아서 보내주셨으면 한다. 한 편의 시로는 그 사람의 실력을 판정하기 힘들다는 것이 선자들의 공통적인 희망이었기에 여기 부언해둔다.

— 1955. 7.

시단의 이른바 중견시인 몇 사람들 사이에는 동인시집 한 권을 발간해보자는 논의가 요사이로 갑자기 활발하게 오가고 있는 모양이다. 비단 중견이라 일컬어지고 있는 시인들에 한해서의 이야기가 아니라 한국의 시인들 모두가 무슨 비약을 시도하지 않는 한 당장에 질식해버리고 말 그러한 침체 가운데 놓여 있는 것만은 확실하다. 이것을 위해서 우리는 무엇을 하여야 할 것인가 하는 명제는 구도자적인 열의와 인내를 가지고 앞으로 모색하여야 할 과업이겠으나 신인들의 작품을 대할 때마다 실망하고 마는 것은 커다란 포부가 그 가슴속에 가득 차 있을 이분들에게서 새로운 시정신에 대한 벅찬 지향을 도무지 찾아볼 수 없다는 사실 때문이다. 시상을 다루는 솜씨의 매끄러움 같은 것은 앞날에 바랄 수 있는 문제라 할지라도 선인들이 이미 닦아놓고 지나간 세계에서 안주해보자는 태도에는 도무지 동정이 가지 않는다.

이번 달에는 편집하는 분이 예선을 해주었는지 나에게 돌아온 투고 시는 10여 명의 작품 약 30편에 불과했다. 그래서 그런지 작품의 질은 고른 편이라 할 수 있었다.

지난 7월호에 실상은 그다지 큰 자신은 없는 대로 추천해놓았던 박희진 씨가 놀라운 비약을 보여준 것은 반가운 일이었다. 선은 위태로울 만치 가늘다 할지 모르겠으나 반면 섬세하다는 것이 또 이 시인에게서 크게 취할 바라고 할 수도 있지 않겠는가. 영혼의 심오부深奧部에서 아득히 울려나오는 속삭임 같다. 생활감정이 이만치 곱다면 공감의 날개로 싸서 거친 사회의 바람을 막아주고 싶어지기까지 한다.

남윤철南潤哲 씨의 작품에는 상당한 시력이 엿보인다. 제작의 기초적인 훈련과정을 훌륭히 거친 시인이라는 인상이 있다. 주저치 않고 추천할 수 있었는데 보내온 다섯 편의 작품에는 거의 우열이 없어서 그중의 하나를 골라내느라고 한참 생각하지 않을 수 없었다.

흠이라면 흠이라 할 수 있는 '페던틱'한 소사가 「고목」에서는 둘 눈에 띈다. 자기의 세계를 지닐 수 있다는 것은 다행한 일이며 일가를 이루기 위해서는 첫째로 요구되는 조건이긴 하겠으나 한편 거기에는 낙거樂居하고 싶은 유혹을 언제나 경계하여야 할 것이다. 다음 작품을 기다린다.

이황李榥, 인태성印泰星, 이경재李慶載 등 세 씨의 작품에도 차마 버리기가 아쉬운 아름다운 구석들이 있었다. 가까운 장래에 이분들에게도 기회가 돌아갈 것을 부언해두기로 하자.

— 1955. 11.

이달 들어서만 해도 모여든 작품의 질은 괄목하리만치 높아졌다. 여기 추천하는 세 분 가운데 박성호朴成護 씨와 신경림申庚林 씨는 과거 수삼 년 투고작품을 통해서 대단히 낯익은 분들인데 이분들의 진경에는 실로 놀라운 바가 있다. 물론 모두 지면知面은 없는 분들이고 서한으로 모든 충고를 하여드릴 만큼 찬찬하고 부지런한 내가 아니었는데도 여기 이처럼 고운 노래를 낳아놓을 수 있게 되었다는 것은 각자의 피어린 정진의 열매이리라. 선자로서의 보람을 느낀다.

이제 소재를 어떻게 다룰 것이냐 하는 기초적인 기술을 습득하였다고 할 수 있는 이 세 분들에게 남겨진 것은 시인으로서 어떠한 내면생활을 하느냐 하는 문제일 것이다.

이 길이야말로 더 길고 아득한 길이다.

날씬하게 맵시 있게 꾸며진 세 편의 시를 뽑고 나서 무엇인지 허전한 구석이 남은 듯하여 선자의 마음을 꺼림칙하게 하였다. 그것이 무엇일까 하고 나는 한참 동안 생각했다. 몇 번 낭독도 해보았다.

그것은 세 분이 모두 움직이고 있는 시대를 무시 내지는 한각閑却한 데에 기인하고 있다는 것을 마침내 나는 깨닫고야 말았다. 시대정신의 반영은 그 흔적조차도 찾아볼 수가 없었던 것이다. 시란 그저 아름답기만 하면 그만이란 것은 결코 아닐 것이다. 소재나 기술이 아까우리만치 세 분이 모두 안이한 영탄에서 제자리걸음을 하고 있는 것이다.

내면생활의 충실과 시대에의 과감한 대결 그리고 집요한 구심求心과 안이한 서정의 양기揚棄, 대체 이러한 것이 이분들에게 있어 앞으로 잊어서 안 될 창작에의 용의가 아닐까.

— 1955. 12.

신경림의 「갈대」와 이림李林의 「들꽃」을 가리켜 실내의 노래라 한다면 이황李榥의 「폐허」는 야외의 노래라 말할 수 있을 것이다.

「갈대」와 「들꽃」은 속삭이듯 읽어야 할 것이고 「폐허」는 소리를 높여 낭낭히 읊어야 할 것이다.

이 이질적인 두 형 사이에도 그 시의 밑바닥을 한가지로 흐르고 있는 저류가 있어 선자의 마음을 훈훈케 하였으니 그것은 맑고 고운 관조와 성실한 제작태도이다.

신경림과 이림의 시는 각자가 가진 몇 가지의 뚜렷한 어벽語癖*만 없으면 시험답안 마냥 서명을 가렸을 적에 한 사람의 작품이라 오인당할 정도로 그 세계가 같다. 그리고 그 시세계란 아무리 호의적인 편을 하여도 결코 새로운 것은 못 된다. 그 길은 마음놓고 더 들어갈 수는 있을지 모르나 오래전에 선인들이 남기고 지나간 장적杖跡이 뚜렷한 길이 아닐까? 내가 가진 경험으로는 이 형의 시세계가 결정 내지는 응축작용을 거듭해나가다가 어떠한 점에 이르렀을 적에 부딪치는 슬럼프만 실로 처참한 것이다. 이것은 각자가 각오하고 장차 다시 헤어 나설 대책을 생각할 일. 선자는 여기서 한 개 제작의 그 결과만을 보고 추천할 따름이다.

신경림의 시는 그가 가진 시세계치고는 대단한 신선미를 지녔다. 그것은 그가 부지중의 자기의 세대의 담사擔辭를 하는 까닭이 아닐까? 우리의 전통적인 문장 상식으로는 회일晦溢하다고 해서 피하는 그와 같은 담사가 이 신선미의 근원이다. 이것은 조그마하지만 즐거운 발견이었다.

이황의 「폐허」. 전前 이자二者에 비하면 기술면에서 손이 가야 할 구석이 많이 눈에 띈다. 그러나 일부러 한 구절 한 마디의 손질도 하지 않고 내어놓은 것은 이 시인이 가진 장점의 하나인 개성적인 율조를 손상할까

| * 언어습관.

그 점을 두려워했기 때문이다. 선이 굵은 점에도 호감이 간다.

윤일주, 박재호, 박성룡, 인태성, 민웅식, 성찬경, 민재식, 정열, 남윤철 군도 계속 작품을 보내주기 바란다. 좋은 작품은 결코 놓치지 않을 것이다.

때마침 신문의 신춘문예 당선작 발표가 있었는데 이것을 읽고 선자는 자신을 더욱 굳게 가질 수 있었다.

《문학예술》지의 신인들이여. 제군들은 이 나라에서 제일급에 놓인 신진 시학도들임을 자신해도 좋다.

— 1956. 2.

몇 달 전부터 친근히 지내게 된 한 사람의 후배로부터 다음과 같은 항간의 소문을 전해들었다. 《문학예술》지의 시천詩薦 태도는 지나치게 신중하여 투고하는 사람이 갑갑해서 못 견디겠다는 것이다. 즉, 다른 잡지에 투고를 한다면 단번에 결판이 날 만한 수준의 작품을 가지고 왜 그렇게 끄느냐는 뜻일 게다. 그리고 또 한 가지 《문학예술》지도 시천을 거듭함에 따라 점차 선자들의 취미가 노정되어가고 있는데, 그 범위가 너무나 좁은 감이 있다는 것이다.

시천기를 쓰는 기회에 이 비평에 대한 해명 몇 가지를 적기로 한다.

남의 작품에 대하고 하물며 자기의 손으로 그 작품을 문단에 소개하는 데 신중을 기한다고 해서 나무라는 사람이 있다면 도리어 그 사람이 나무람을 받아야 할 것이다. 우선 작품의 질이 미리 설정해놓은 수준에 올라 있어야 할 것은 물론 언제나 자기의 수준을 지녀 나갈 수 있는 실력을 갖춰 있어야 할 것은 움직일 수 없는 조건이다. 때로는 그 시인이 지닌 세계가 앞으로 어떻게 발전해나갈 것인가 그 전망까지도 해야 한다. 이리하여 《문학예술》지는 지난 한 해 동안에 단 한 사람의 시인밖에 문단에 소개하지 못했다. 그러나 이처럼 신중한 시천을 거친 시인은 자기 자신의 권위가 올라간다는 사실을 명기해주기 바란다.

그리고 지금까지 추천된 시인들의 세계가 서로 비슷비슷했었다는 것은 선자도 자인하는 바이다. 이것은 결코 선자의 책임은 아니다. 지금까지 투고된 작품 가운데에서 그들의 작품이 어느 모로나 뛰어나 있었다는 것뿐이 그들의 시가 당선되게 된 이유인 것이다. 선자의 취미가 시선에 어떠한 영향을 주었다면 지금까지 당선된 작품들의 거개가 몰서沒書가 되었을 것을 여기에 부기해둔다.

이번 달에 신경림 군을 시단에 맞아들이기로 했다. 당선 소감을 적어 가지고 나를 찾아온 신군은 내가 따라주는 축배 한잔을 마신 다음 헌앙軒昻한 어조로 자기의 포부를 말했다. 그도 역시 박희진 시인과 마찬가지로 영문학을 전공하는 젊은 학도이다. "시세계가 낡았다고 하지만 내가 에즈라 파운드나 스티븐 스펜더의 시세계를 모르는 줄 아느냐"고 그는 나에게 마구 대드는 것이다.

앞날이 촉망되는 이 젊은 시인을 위해서 함께 박수를 쳐주시기 바란다.

매수도 찼고 지난번에 언급한 바로 있고 하니 개인적인 평은 할애하기로 한다.

— 1956. 4.

오래간만에 시선을 보게 된다. 예월例月보다 편수는 는 편이 아니었지만 한 편 한 편 차마 놓치기 안타까운 아쉬움이 남는 것은 그만큼 작품의 일반 수준이 높아졌다는 증좌일까? 여류의 투고가 현저히 늘었고 지금까지 《문학예술》지에 들어오던 투고시치고는 색다른 스타일의 작품들이 많아서 《문학예술》지에는 어떠한 경향의 작품 아니면 안 된다는 오해가 일소되었음을 알고 반가웠다.

　오랫동안 편집국에서 기다리던 윤일주 군의 작품이 두 편 들어왔다. 그중에서도 「동백」이라 제한 것을 이번 선에 넣자는 것이 선자 간의 일치된 의견이었으나 지금까지 두 번 발표된 작품보다 두드러지게 나은 것이 못 된 듯하여 한 달만 더 눌러두기로 했다. 명문을 아끼는 충정을 알아주기 바란다.

　「상처」, 박이문朴異汶 군은 독학篤學의 불문학도라고 한다. 그가 여기 도달한 시세계는 근대의 양심과 우유優柔한 그 양심의 눈물 어린 감정에 지나지 않는다. 새로운 시란 '도시', '철도', '포구' 등 어휘가 가진 감각으로 만들어지는 것이 아니라 근대의 감상을 초극하여 좀더 냉엄해지는 때 이루어지는 것이 아닐까.

　「비碑」, 이상을 풍자하려고 하는 임종국林鍾國 군치고는 뜻밖으로 비약이 눈에 띄지 않는 온건한 수법이다. 그러나 이러한 소재나 이러한 방법은 거창한 로망에나 적합한 것이지 50~60행에 지나지 않는 시에는 효과적이 못 된다는 것이 상식이다.

　「주어가 없는 독백」, 이일 군. 생경하고 어색한 직유가 눈에 거슬리는데도 불구하고 집요하게 사람의 마음을 뒤흔드는 어떠한 힘이 군의 시에는 있다. 군을 아는 어느 소녀가 군의 몸짓에 대단한 매력을 느낀다고 한 것이 있지만, 천연색 아닌 불란서 영화의 암울한 색조의 멋을 작품에서도 지니고 싶거든 자칫하면 울부짖고 싶어하는 시심을 우선 달래서 가라앉혀야 할 것이다.

　한 번이라도 추천된 분들은 물론이지만 이 란에서 아무 언급이 없다고 해서 단념하지 말아주시기 바란다. 이 말에는 황명걸 군의 시도 여러 선자의 눈에 띄었었다는 것을 부기해둔다.

— 1956. 11.

다달이 70~80편을 넘는 투고시를 추려가며 그 가운데 놓인 정신적 공약수를 추출하는 작업은 본래의 목적인 시선과는 직접적인 관계는 없는데도 시선을 맡아보는 사람에게 주어진 다시없이 즐거운 특전의 하나이다.

이와 같은 부차적인 수확收獲을 통해서 선자는 오늘날의 시인들의 정신적 자세를 엿볼 수 있기 때문이다.

자기폐쇄적인 서정세계에서의 정체停滯와 방법을 추구하려는 노력의 현저한 결여, 이달 선자가 투고 시편 가운데에서 산출할 수 있었던 이 두 개의 공약수에 대해서 시비를 가리고 있을 겨를은 없으나 이 두 경향이 필연적으로 결과하는 것은 표현적 자주성의 상실이라 아니할 수 없다.

인태성 군은 이달 「발화」, 「창과 밤과」를 발표함으로써 투고하는 사람의 번거로움과 초조를 아주 면하고 말게 될 것이다. 주제가 선명하다는 것도 이 시인의 자질의 하나라 하겠으나 그의 섬세한 사념의 파동은 자연 가운데에서 정신의 새로운 위상을 정확하게 포착하고 있다. 선자는 이 시인의 대성을 믿어 의심치 않는다.

이일 군. 한 줄 한 줄 따져보면 지워버려야 할 낱말이 하나도 없는데도 불구하고 읽는 사람에게 요설의 인상을 주는 것은 군의 표현에 구심력이 결여된 까닭이라고나 할까? 이 달에 보내온 네 편을 만지작거리던 끝에 결국 몰서沒書의 단斷을 내리지 못한 것은 군의 의욕적인 육성에 끌렸기 때문이었다.

낭승만浪承萬 군. 과거 근 일 년을 두고 선자들에겐 낯익은 이름이다. 많은 시인들이 탈락하고 말았는데 군은 묵묵히 노력하여 마침내 선자를 설복시키고야 말았다. 이미지와 이미지 사이의 연결이 충분치 못한 까닭으로 사고의 흐름이 때로 중단되는 흠은 없지 않으나 「숲」은 짜임새에도 흠 할 바가 없고 말쑥이 맺은 아담한 작품이었다.

대구의 허만하라는 젊은 시인이 있다고 들었다. 신작이 있으면 몇 편 보내주기 바란다. 모처럼 규수시인 한 사람이 시고를 보내오다가 지난달인가 어느 대중종합지 독자란에 작품을 발표하였다고 한다. 속히 발표해보려는 의욕은 이해 못하는 바가 아니지만 좀더 참고 노력했더라면 하는 게 편집국의 의견이다.

— 1956. 12.

6·26 사변을 계기로 해서 우리나라의 시에는 이질적인 몇 가지의 요소가 가미되었습니다. 전쟁으로 말미암은 죽음의 공포, 참담한 궁핍 그리고 사회적 모순, 이와 같은 혼란을 겪은 젊은 세대들은 그 절망과 불안과 허무감으로부터 탈출하기 위해서 몸부림치며 자신의 머리털을 쥐어뜯었던 것입니다. 이와 같은 내공來攻적인 비통한 절규가 마침내는 새로운 시적 사고의 흐름이 되어 시단에 이질적인 개화를 이루어놓았다고 보아도 큰 잘못이 아니겠지요. 새로운 세대의 시인들은 혼란한 사회적 현실 가운데서 미래를 지향하는 그들 자신의 정신적 자세를 안정시키는 한 방법으로 시를 제작했던 것입니다.

시라고 하는 거울을 통해서 다시 한 번 자신을 검토해볼 수가 있다고 그들은 믿은 것이지요. 그들은 이와 같이 절실한 정신적 요구 때문에 냉정히 자기 관조를 할 틈은 갖지 못했습니다. 그들은 때로 문학에 있어서의 전통적인 약속까지 무시했고 마땅히 겪어야 할 수련마저도 생략하기가 일쑤였던 것입니다. 그들에게 있어서는 작품의 짜임새 같은 것은 오히려 둘째 문제이고 그것보다는 자기 자신을 작품 속에서 해부함으로써 미래에 대한 가능성을 알아두자는 것이 선결문제였던 것이지요.

이런 이유로 새로운 세대의 시인들은 그들의 선배들이 시 제작에 있어 써 내려온 심미적인 데생 대신에 성급하고 모호한 터치의 관념적 수법을 쓰게 되었던 것입니다. 그러나 그들이 그들의 제일의적인 목적을 달성하는 첩경이라고 믿었던 이 수법은 실지에 있어서는 오히려 멀리 우회하는 길이 되고 말았습니다. 이 젊고 성급한 세대들은 그런 것조차 옳게 판단할 여유도 없이 기술과는 등진 곳에서 그저 숨만 가쁘게 쉬고 있었다고 말할 수 있겠습니다.

그들의 시작품의 공약수라고 할 만한 것은 컴컴한 불안과 회의입니다. 그리고 우리는 그들의 작품을 통해서 새로운 인간성을 모색하는 젊은 지성인의 떨리는 손길을 느낄 수가 있습니다. 서구의 원서를 읽을 수 있는 그들이 받은 새로운 문학적 교양은 그들이 재래의 리리시즘이나 리얼리즘으로 쏠리는 것을 용서치 않습니다. 또한 그들의 절박한 현실의식은 그들이 모더니즘으로 가는 길도 막고 있는 것입니다. 새로운 세대의 시인들은 대체로 이와 같은 한계의 풍토에서 그들의 제작을 하고 있습니다. 그들은 아직 문학적으로 거칠기 짝이 없다 할 수 있겠지요. 그러나 그들이 지닌바 절박한 정신적 기갈은 앞으로의 시를 어떻게 전개시킬 것인지 그 점에 있어서 우리의 주목을 크게 끌고 있는 것입니다.

선자는 한참 망설이던 끝에 지금 언급한바 새로운 세대의 시의 한 개의 유형이라고 말할 수 있는 오진서吳眞緖 군의 작품을 조상에 놓아보기로 했습니다.

「애무」, 오진서

이 작품에는 허무에까지 승화된 현대의 고독감이 그려져 있습니다. 「고독」이라고 해도 R. M. 릴케의 그것과는 좀 거리가 있는, 무엇이라고 할까 그것보다는 좀더 육취肉臭가 강렬하게 풍기는 고독입니다. 삶과 사랑의 몸부림 나는 보람 그 누추 끝에 오는 권태, 뒤이어 오는 심연과도 같은 허무, 선자는 대체 이렇게 읽었습니다. 수사가 어려서 전편의 아주 숨 가쁜 작품이고 말았습니다만 제4연에 그려진 환청과 환영이 무질서한데도 이상하게 아름다운 조화를 이루어 이 작품의 마치 알맞은 '악상'이 되어주었습니다.

「과실」, 허만하

이 시인은 자연의 섭리에 대한 자신의 순진한 놀라움을 그림으로 해서 그 자연이나 인생에 대한 의식 혹은 애정 같은 것을 노래해보려고 했습니다. 발상 근저에 놓인 것은 이처럼 극히 평범한 것이었습니다만 치밀한 계산 밑에 튼튼한 골격을 세운 다음 준열하다 하리만치 날카롭게 구심求心해 들어가는 글솜씨는 범공凡工의 그것이 아닌 것 같습니다. 감각의 유도가 미끄럽게 넘어갔습니다. 심상이 풍경의 전이가 선명했기 때문이겠지요. 영화에서 말하는 오버랩이라는 기법입니다. 행간에서 뿜어 나오는 작자의 청결한 시정신을 그대로 느껴 알 수가 있습니다. 성공한 작품이라 하겠습니다.

「역두驛頭」, 윤수병尹秀炳

차표라는 아주 수수한 어휘 뒤에 조금 피로하기는 하지만 입가에는 언제나 부드러운 미소가 깃들어 있을 그러한 소시민의 모습이 어른거리고 있습니다. 인생을 긍정하자고 제의하고 있는 것입니다. 회상이 이 시인에게 있어 조그마한 구원을 마침내 준 것도 그가 그의 인생을 긍정할 수 있는 정신의 위상 위에 서 있었기 때문이라 할 수 있겠습니다. 전편에 흐르고 있는 어렴풋한 애수, 이것도 이 작품이 가진 매력의 하나라 하겠지요.

소박한 시어들이 소재에 잘 어울렸고 구성에 ×난難이 없었습니다.

오히려 징그러운 정도로 기승전결이 모범적으로 되었습니다. 종편 일행으로 대단한 효과를 거두고 있는 것도 지적해둡니다.

— 1957. 1.

　　지금 이일李逸 군의 세 번째 추천기를 쓰면서 선자가 미소와 함께 상기하는 것은 이군에 대해서 유달리 가혹했던 선자 자신의 비평적 태도와 이군 자신의 성장과정입니다. 때로는 부당했을지도 모를 선자의 편달을 이군은 의연히 견디며 묵묵히 시와 대결해왔던 것입니다.

　　이군은 우리가 등지고 있는 이 세대에 대해서 주장할 것을 남달리 많이 가진 격정의 시인인 것 같습니다. 그러나 그는 여기에 소개하는 「이제 기적은 또다시」라는 한 편에서 그 격정을 정신의 심오부에 침잠시킴으로써 스스로의 자세를 조용히 살펴볼 여유를 가질 수 있었습니다.

　　이와 같이 원숙한 객관이 있었던 까닭으로 이 작품은 무드 구성에도 또한 훌륭히 성공하고 있습니다.

　　선자는 이군이 앞으로의 우리 시단에서 새로운 에꼴의 기수가 되어줄 극히 소수 몇몇 선량選良 가운데 한 사람이라는 것을 확신하여 의심치 않는 바입니다.

　　허만하 군의 「날개」에 대해서 할 말은 지금 당장엔 아무것도 생각이 나지 않습니다.

— 1957. 4.

　　이종헌李鍾憲 군의 「유화」와 「수면상水面像」을 밀기로 한다. 조지훈 씨가 두 번 추천한 일이 있으니까 이번이 종회終回가 되는 셈이다. 좀더 두고 보자는 의사도 없지는 않으나 나는 이번 달로 끝을 맺자고 주장하여 다른 분들도 이를 따르게 되었다.

첫눈에 선뜻 드는 시인은 아니었지만 씹을수록 맛이 나는 시인이었다.

「유화」에는 조지훈 씨의 글씨로 몇 군데 몇 자씩 고친 구절이 있었다. 모두 수사에 관한 것으로 작품의 큰 줄거리는 관계없는 첨삭이었다.

작품에 관한 구체적인 언급을 못해서 미안하지만 이것으로서 붓을 놓는다.

— 1957. 7.

언제였던가 임종국 군의 시가 처음으로 《문학예술》에 실리게 되었을 때 나는 그의 발상이 장시를 꾸미는 데 적합한 것 같다고 지적한 것을 기억하고 있다. 그의 시정신은 장시의 형식을 위하여도 안심되리만큼 튼튼한 골격과 기운찬 폐활량을 갖추고 있었던 것이다. 그런데 하나 흠이 있었다면 그것은 조잡한 레토릭이었는데 여기에 실리는 「비」에서는 시를 매만지는 그의 손길이 놀라우리만큼 섬세하고 부드러워졌다. 발심發心하는 바 있어 도봉산 기슭으로 들어앉아 병아리를 기르기 시작한 군은 시를 매만지는 새도, 낙마하기 쉬운 병아리를 다룰 적만큼 조심하기 시작한 모양이다.

「주어지지 않은 영토」, 이창대李昌大 군.

솔직히 말해서 나는 이 경우에 무슨 갬블링을 하고 있는 것인지도 모른다. 작품을 속속들이 이해 못한 채 추천하는 것은 이번이 처음이지만 주저하는 마음을 끝내 정복하고 마는 무슨 매력 같은 것을 이 시인은 지니고 있다. 달리 생각하면 남의 작품의 추천이란 어느 경우에 있어서나 한낱 갬블링에 불과한 것인지도 모른다. 그렇다고 한다면 이 레이스에서 내가 이 마권馬券을 산 것을 후회하지 않겠다. 나는 여태껏 잃어본 일이 없는 갬블링이기 때문이다. 다음 작품을 기다린다.

「기旗」, 김규태金圭泰
　한 묶음 7편의 작품을 받아들고 시를 천하는 사람의 즐거움을 만끽했다. 그 속에서 「기」를 골라서 이 호에 실리게 된 것엔 아무 이유도 없다. 마침 그 작품이 맨 위에 놓여 있었던 것 이외에는.

— 1957. 8.

이한직의 시적 여정

_김경수

1. 머리말

　이한직은 1939년 19세의 나이로, 김종한과 함께 《문장》을 통해 추천 완료되어 시작을 시작한 시인이다. 당시 시단의 각광을 받았던 그의 시를 두고 정지용은 "젊고도 슬프고 어리고도 미소할 만한 기지를 갖춘 현대시의 매력"을 읽어낸 바 있으며, 김동리는 이른바 '신세대론'의 논의 속에서 그를 "신비적 회화적 경향의 시인"으로 분류하고, 그 시세계를 "개성과 생명의 고양에 근거를 둔" 시세계라고 평가한 바 있다. 뿐만 아니라 그는 1956년부터는 조지훈, 박두진, 박남수 등과 함께 당시 주요 문예지였던 《문학예술》의 시 추천 위원을 맡아서 박희진, 신경림, 이일, 허만하, 성찬경 등 이후 1960년대 시단을 주도한 후진 시인들을 배출하기도 하는 등 적극적인 문학활동을 전개한 바 있다.

　그러나 이한직의 시세계에 대한 조명은 그리 활발하게 이루어졌다고는 할 수 없다. 기존의 논의를 통해서 비록 그의 전기적 사실과 시세계의 대강이 포착되기는 했지만, 아직까지 그가 몇 편의 시를 남겼는지조차 확인되어 있지 않은 실정이며, 시평과 산문은 정리되어 있지 않고, 외국 문학의 전신자로서의 역할 등도 연구되어 있지 않다. 그 이유는 아마도

20여 년에 걸친 시단활동에도 불구하고 그가 시를 산발적으로 발표했을 뿐만 아니라, 1961년 주일 문정관으로 도일하면서부터 문필활동을 중단함으로써 국내 평단의 관심사로부터 멀어졌기 때문일 것이다.

이 책은 지금까지 확인된 이한직의 시편과 산문, 그리고 평문들을 정리한 책이다. 이 책에는 그간 그의 유고시집에 실리지 않았던 시작품들과 산문들이 실려 있다. 이 글에서 필자는 이한직의 시작품들을 중심으로 그의 시세계를 조명하는 것은 물론, 기존의 논의에서는 전혀 검토되지 않았던 그의 산문들, 예컨대 시론적 성격을 띤 산문 및 《문학예술》의 추천을 담당하면서 그가 남긴 다수의 '시천기' 등을 대상으로 하여 그의 시론의 일단을 해명하고, 더 나아가 그가 동시대의 서구문학을 소개하고 있는 자료까지 함께 검토할 것이다.

2. 유찬의식流竄意識과 시적 출발

1939년 《문장》에 투고한 「풍장」, 「북극권」, 「기려초」, 「온실」, 「낙타」 등 다섯 편이 정지용에 의해 추천되면서부터 시작된 이한직의 시작활동은 시기적으로는 1960년에까지 걸쳐 있다. 그러나 이렇게 20여 년을 웃도는 기간에 그가 발표한 작품 전체는 고작해야 30여 편 남짓한 편수로, 시력에 비해서는 상상 외로 적은 편수이다. 몇 편 안 되는 시작품 내에서 그의 시의 온전한 모습을 살핀다는 것이 무리일 수도 있지만, 자세히 살펴보면 그의 시작품들은 대체로 세 시기로 나누어 고찰할 수 있을 만큼의 유형적 차이점을 드러내 보이는 것을 알 수 있다. 즉, 그는 데뷔 무렵인 1939년에서 1940년 사이에 일곱 편의 시를 발표하고, 7년의 공백을 두었다가 다시 1947년부터 1950년 6월 사이에 집중적으로 10여 편을 발표하고 있는데, 이러한 작품 발표 시기상의 집중성과 공백기는 일제 말기에서부터 해방, 그리고 한국전쟁에 이르는 역사적인 사건들과 긴밀한 조응을 이루고 있어 그의 시를 시기적으로 나누어 고찰할 수 있는 개연성을 높여주고 있는 것이다. 여기서는 그가 정지용에 의해 추천받을 무렵의 시편들을 초기 시로, 그리고 해방 이후 다시 시를 발표하기 시작한 1947년부터 전쟁 전까지 발표한 시를 중기 시로, 그리고 마지막으로 그이후 일본으로 건너가기 전까지 드문드문 발표했던 다섯 편의 시를 후기 시로 분류해 그의 시의 변이와 지속상을 살펴보기로 한다.

이한직의 초기 시는 앞서 말한 것처럼《문장》에 발표된「풍장」,「북극권」,「기려초」,「온실」,「낙타」를 비롯해서,「가정」,「높새가 불면」등 일곱 편을 들 수 있다. 이 작품들은 모두 이한직이 두세 달 정도의 터울을 두고 연속적으로《문장》에 발표한 작품들인데, 시기적으로 보면 그의 나이 19세에서 20세까지의 작품들로서 그가 경성중학을 졸업하고 모 대학에 낙방한 후, 다시 게이오 대학 법학부에 들어간 직후까지의 시편들로 볼 수 있다. 따라서 이한직 자신의 고백을 빌면 그가《문장》에 발표한 시편들은 말 그대로 "고음苦吟"의 시편들이 되는 셈인데,「풍장」과「북극권」, 그리고「높새가 불면」이라는 시들은 초기 이한직이 추구했던 시세계의 방향을 살펴보는 데 있어서 적합한 예가 된다.

사구 위에서는
호궁胡弓을 뜯는
님프의 동화가 그립다.

계절풍이여
캬라반의 방울소리를

실어다 다오

장송보葬送譜도 없이
나는 사구 위에서
풍장이 되는구나

날마다 밤마다
나는 한 개의 실루엣으로
괴로워했다

깨어진 올갠이
묘연한 요람의 노래를
부른다, 귀의 탓인지

장송보도 없이
나는 사구 위에서
풍장이 되는구나

그립은 사람아
—「풍장」전문

이 시는 4연의 직접적인 진술을 제외하고는 전 연에 걸쳐 비유적인
언어를 사용하여 시적 화자의 의식상태를 형상화하고 있다. 시인은 자신
이 현재 있는 곳을 사막으로 상정하고, 그곳에서 자신이 장송곡도 없이
죽어간다고 안타까워하고 있다. 위의 시에서 '실루엣으로/괴로워했다'라

는 진술은, 화자가 줄곧 처해왔던 상황이 자신의 실존을 확인할 수 없었던 일종의 위기상황이었음을 나타낸다. 그리고 이러한 위기의식은 '날마다 밤마다'라고 하는 반복상의 어휘에 의해 더욱 절실한 것으로 부각된다. 그 위기의식이 시의 문맥 속에서 해명되지 않는 한 우리는 필연적으로 시 속에서는 해명되지 않는, 텍스트 밖의 세계인 문화적 환경으로부터 그것을 유추할 수밖에 없으며, 이때 그것은 자연스럽게 일제 말기 자신의 국가적 정체성을 확인할 수 없었던 식민지 상황을 연계시킬 수 있게 된다. 이처럼 시의 가상현실을 텍스트 밖의 세계와 관련지어 볼 경우, '호궁을 뜯는/님프의 동화'라든가 '캬라반의 방울소리'라는 비유의 계열체는, '사구 위에서'라는 시구에서 드러나는바 시인이 발 딛고 서 있는 '지금/여기'에서의 삶의 불모성 및 유적감과 강한 대비를 이루면서, 시의 화자가 꿈꾸고 있고 유일하게 의미를 부여하고 있는 공간으로서의 의미를 강하게 환기시키는 것이다. 이 비유들은 현재 시의 화자가 처한 현실과는 대비되는 강한 시공간적 개방성을 획득하며, 시간적인 감금상태에서 해방되고자 하는 자아의 탈출욕구에서 비롯된 수평적인 공간 확산에의 욕구와 연결된다. 이러한 시공간적 확산에의 욕구는 화자가 '깨어진 올갠'에서 흘러나오는 '묘연한 요람의 노래'를 듣는다는 구절에서 그 절정에 달한다. 현재형으로 환치된 그 경험의 토로는, 사실상 역사적 문맥과는 동떨어진, 자신이 배태되어 나온 원천 혹은 원향에의 지향욕구를 역설적으로 드러내고 있는 것이다.

이렇게 볼 때 「풍장」은 식민지라는 닫힌 상황에 처한 의식을 담고 있는 시로서, '지금/태초'라는 대립적 시간의식과, 모래언덕으로 은유된 불모의 땅과 님프의 동화로 상징되는 잃어버린 원향이라는 대립적인 공간의식을 통해 현실과 이상 사이에서 동요하고 있는 자아의 모습을 시화하고 있는 작품으로 읽힐 수 있다. 다른 말로 하면 이 시의 화자는 자신이 현실공간 속에서 귀속감을 느끼지 못하는 까닭에 또 다른 가상의 공간을 설정하고 그에 대한 귀속욕망을 토로하고 있는데, 불행히도 그러한 자기 확인의 절실함만큼이나 그 가상의 공간에의 회구 역시 순간적인 환청에 국한될 수밖에 없다는 비극적 인식을 강하게 내보이는 것이다. 따라서 그의 시에서 진정한 자아에 대한 인식 불가능의 상태가 존재 자체를 지우는 '풍장', 곧 죽음에 다름없다는 인식으로 나타나는 것은 극히 자연스러운 현상이다.

여기서 우리는 이한직 초기 시의 세계를 규정하고 있는 정신적 징후를 추출해낼 수 있는데, 곧 자신이 스스로의 존재를 귀속시킬 수 없는 현실에서조차 자신의 정체성을 확인하지 않을 수 없다는 절실한 욕망이 그것이다. 시인은 이러한 욕망으로부터, 현실적인 존재근거가 의문시되는 근본적인 상황에도 불구하고 스스로가 살아 있다는 것을 입증하려고 한다. 이런 의식은 그의 데뷔작의 한 편인 「북극권」이라는 시 속에서 '유찬의식'으로 규정되고 있다.

초록빛 지면 위에
한 개 운석이 떨어지고

바람은 남쪽으로 간다더라
징 툭툭한 구두를 신고

소란타, 마음의 계절
나의 Muse 그대, 각적角笛을 불라
귓속에선 메아리도 우짖어라

묘망히 창천 아래 누은
나형裸形의 Neptune!
추위를 삼가라

색채 잊은
그날 밤의 꿈이여

밤마다
유찬流竄의 황제처럼
깨어진 훈장의 파편을
주워 모으는 하얀 손, 손,

파리한 내 손

— 「북극권」 전문

　　존재확인의 현실적인 근거와 욕구가 부합하지 못함으로써 빚어진 괴리 때문에 시인은 자신을 '유찬의 황제'로 지칭한다. 현실을 적소謫所로 인식할 경우에만 그나마 자신의 존재가 분명하게 인지되기 때문이다. 이것은 그대로 「풍장」에서 유추된 식민시적 정황과 상응한다. 「풍장」에서의 시적 비유들이 그 자체로서의 의미보다는 가상적인 원향에 대한 추구 욕구의 소산인 것을 감안한다면, 「북극권」에 나타난 시인의 유찬의식은 문화적인 유찬의식으로만 국한시키기 어렵다. 부정할 수 없는 사실은 그런 유찬의식은 엄연히 식민지 치하라는 정치적인 현실로부터 연유된 것이기 때문에, 그의 시의 이국적 공간은 오히려 시인 자신이 의당 있어야 할 공간에 있지 못하고 자의와는 상관없이 구속되어 있다는 것을 역설적으로 드러내고, 그리고 결과적으로는 '깨어진 훈장의 파편'을 주워 모으는 행위의 덧없음을 강조하는 것일 수도 있기 때문이다. 따라서 이한직의 시에 자주 등장하는 이국정취를 풍기는 시적 비유들은 시인 자신이 현실을 더 이상 리얼리티로서 간주할 수 없었던 사실과 결부된 자기확인에의 욕구와 긴밀히 연관되어 있는 것으로도 볼 수 있다.

따라서 현실적 삶의 공간에 귀속감을 느끼지 못하고 또 그것이 자신의 삶을 보증해주지 못한다고 생각한 시인이 자신의 원향에의 귀환욕구를 등지고 영원한 나그네의 여정으로 삶을 마치겠다고 체념하는 것도 무리는 아니다. 그리고 이러한 정신적 상태가 시인으로 하여금 죽음에 대한 낭만적인 경도를 토로하게 하는 것 또한 극히 자연스러운 현상이다. 그가 《문장》 폐간 이전에 마지막으로 발표한 「높새가 불면」이라는 시는 시인의 이러한 정신적인 추이를 분명히 보여준다.

높새가 불면
당홍唐紅 연도 날으리

향수는 가슴 깊이 품고

참대를 꺾어
지팡이 짚고

짚풀을 삼어
짚새기 신고

다시는 돌아오지 않을

슬프고 고요한
길손이 되오리
　　　　　　—「높새가 불면」부분

　앞서 살펴본 두 편의 시가 자기 응시의 시선을 비유적으로 드러내고 있는 데 반해서, 위 시는 계절의 자연스런 변화에 따라 당홍 연과 황나비가 나를 것이라고 하는 확신에 찬 예측 속에 자신의 죽음에 대한 소망을 내보이고 있다. 따라서 이 시는 현실에 대한 응전보다는 소극적인 자기 확인 욕구의 또 다른 표현인 셈인데, 그것은 「북극권」에서 천명된 무력한 유찬의식의 연장선상에 놓여 있는 것이라고 말할 수 있다. 반복해서 말하자면 이러한 의식은 자신이 소속감을 가질 수 없는 현실에 대한 화자의 강한 거부감을 역설적으로 드러내는 것이다. 이것은 역시 부자유한 몸으로 타관을 방황하는 삶 속에서 오히려 안도할 수 있다고 역설적으로 말하고 있는 「기려초」의 세계와 마찬가지로 시적 화자의 시대적 유찬의식을 증거하고 있는 것으로 보인다.

　초기 이한직의 시에서는 이처럼 죽음에의 낭만적 친화가 두드러지게 나타나고 있는데, 이런 죽음에의 경도는 앞서 말한 것처럼 현실적 삶의 공간에 대한 시인의 자각이 선험적으로 비극적이었다는 것을 반증해준다. 이처럼 이한직의 초기 시는 식민지의 시인으로서의 유찬의식과 그 연장선상에서 추구된 죽음에의 낭만적 지향으로 특징지어진다. 그러나 이미 엄존하는 현실을 리얼리티로서 받아들이지 못하고 다른 가상의 공간을 설정해 자신의 실존의식을 붙들려고 했던 그의 시정신은, 바로 위의 시에서 보듯이 자신의 죽음까지를 설정한 마당에 더 이상 진척될 수 없었다. 그의 초기 시세계는 바로 이 지점에서 중단된다. 그 원인으로는 물론 일제 말기의 현실이 시인에게 부과한 정신적 부하가 가장 큰 것이었을 테지만, 한편으로는 시작 초기부터 줄곧 현실과는 대척적인 공간에서의 비유적인 존재확인의 과정을 밟아 끝내는 죽음에 대한 낭만적 친화마저 드러내 보일 수밖에 없었던 그의 시작태도 자체가 필연적으로 그의 시의 단절을 초래했을 가능성도 배제할 수 없을 것이다.

3. 식물적 상상력의 세계

1940년 3월 《문장》에 「높새가 불면」을 발표하고 한동안 시를 발표하지 않았던 이한직이 다시 시를 발표하기 시작한 것은 1947년 1월 30일 《경향신문》에 「설구」를 발표하면서부터다. 그가 오랜 시간적 간격을 두고 시를 발표하였다는 연대기적 사실에서도 그의 시의 변모 가능성을 이야기할 수 있지만, 역사적으로도 이 시기가 일제의 멸망과 그 뒤를 이은 민족의 해방, 그리고 해방기의 극심한 좌우 대립으로 인해 남북의 분단이 점차로 가시화되었던 대립과 혼란 및 한국전쟁이 발발하기까지의 시기였다는 점에서 그의 시가 겪었을 모종의 변모를 상정하기란 그리 어렵지 않다. 뿐만 아니라 이 시기는 이한직 개인으로서도 많은 변화를 겪었던 시기다. 이 시기 그는 일제 말기 학병으로 끌려갔다가 1945년 해방과 더불어 귀국하고, 1946년 문단의 좌우대립으로 혼란한 분위기 속에서 서정주, 조지훈, 김동리 등과 청년문학가협회의 창립에 가담하는 등의 활발한 문학활동을 벌였던 것이다.

이러한 문학운동에의 적극적 가담이라는 개인적 신상의 변화와 상응이라도 하듯, 이 시기에 발표된 이한직의 시가 내보이는 세계도 무척 복합적이다. 그러나 이렇게 복합적인 중기 시의 세계도 면밀히 검토해보면 그의 후기 시의 세계와 연결될 수 있는 인식론적인 연속성을 보이면서 전개됨을 알 수 있다. 그것은 각각 비상에의 의지를 나타낸 시편과 뒤이은 환멸의 시편, 그리고 「용립」의 시편 등으로 구분할 수 있는데, 이들 시편들은 그 의미상의 편차에도 불구하고 이른바 향일성의 식물적 상상력이라고 일컬을 수 있는 일관된 시적 전개의 모습을 내보이고 있다. 물론 그 특징적인 면은 중기 시의 후반에 이르러서야 가시화되지만 이 식물적 상상력은 그의 후기 시까지 이어지는 시적 특징을 이룬다. 또한 이렇게 이어지는 중기 시편들의 내적인 연속성은 당시의 그가 살아왔던 시대적 상황과의 긴밀한 연관성을 보이고 있다. 「비상」과 「상아해안」부터 살펴보자.

나의 뇌장腦奬이 빙하처럼 추이推移한다
나의 맹점 저 깊은 곳에
부정의 하적이 남는다

ELIZA는 사차원의 문법을 배운다
무슨 과실을 맺으려
수빙은 개화하는가

해빙기에는
꽃잎처럼 향기롭게
별들이 내려 쌓인다고 한다

슬픈 반항이 끝난 날부터
ELIZA는 별들의 사상을
사랑하기 시작하였다

수천만 광년을 거쳐
화음의 영토로 가자

새로운 비상을 위하여
ELIZA는 몸 서듯 고요히
의식의 날개를 기른다
ELIZA는 황홀히 기다린다

　　　　　　　　　　　　　— 「비상」 전문

원죄설은 도편陶片으로 추방하고
상아해안에서 절대의 시간을 계산하자

마지막 격정을
문장 있는 나푸킨으로 씻으면
너의 표정은 또다시
미덕 갖춘 수사를 시작하리라
돌아오는 ELIZA
백아기白亞紀의 미학이 무성하는
풍화의 터 상아해안으로 돌아오라

미철彌撒의 크레셴도
계절의 합창도 없다면
아 다만

너의 입술

한 송이 죄의 딸기를

내 이마 위에 심으라

— 「상아해안」 부분

　이 두 편의 시는 「설구」라는 시와 더불어 해방 이후 그의 정신적 지향의 방향을 알려주는 암시적인 시편들이다. 두 편 모두 시의 화자가 엘리자라고 하는 가상의 여인에게 말을 건네는 형식으로 쓰여 있는 것이 이채롭다. 「비상」에서 화자는 현재의 순간을 결빙이 녹아내리는 '해빙기'로 인식하고 있으며, 그와 더불어 '원죄설'마저도 도편으로 추방해야 할, 또 능히 할 수 있는 순간으로 인식한다. 뿐만 아니라 그 속에서 자신의 뇌장마저도 빙하처럼 이동을 시작한다고 말하고 엘리자에게 자신과 함께 '수천만 광년을 거쳐/화음의 영토로 가자'고, 그리하여 원죄설이 추방된 '상아해안에서 절대의 시간을 계산하자'고 강력하게 권유한다. 이러한 진술은 시의 화자가 인식하고 있던 시적 현실이 빙하기에서 해빙기로, 그리고 무성한 파충류와 식물군이 번창했던 백악기처럼 유래 없이 생명력이 넘쳐흐르는 현실로 변하고 있다는 점과, 그리고 시인 자신도 그에 대응하여 오랫동안 자신을 구속해왔던 모종의 죄의식으로부터도 비로소 자유로워졌다는 사실을 암시한다.

　이러한 진술에서 그간 시의 화자를 구속했던 제반 상황이 자유의 공간으로 변했다는 사실과, 아울러 시인이 그러한 공간에서 호흡했던 기쁨과 벅찬 기대의 표현을 읽어내기란 그리 어렵지 않다. 또한 위 두 시의 청자인 'ELIZA'는 화자와 함께 오랫동안 원죄의식으로부터 자유롭지 못했던 화자 자신의 아니마로 나타나는데, 그녀에게 시인이 '미철의 크레센도/계절의 합창도 없다면', '너의 입술/한 송이 죄의 딸기를/내 이마 위에 심으라'라고 하는 진술에서 우리는 자신의 죄의식을 토양 삼아 새로운 생명을 키워내겠다는 화자의 헌신적이고 강한 의지를 읽을 수 있다.

　이런 강한 의지의 표출은 이한직의 초기 시에서는 찾아볼 수 없었던 것이다. 뿐만 아니라 전체적으로 격앙된 진술 내용에도 불구하고 위 두 편의 시의 표현 자체는 극히 객관적인 비유로 일관하고 있으며, 자신의 의지를 내보이는 대목조차도 아니마-여성을 등장시켜 청유하는 형식을 밟으로써 객관적인 언어감각을 보여주고 있다. 그러나 뒤이은 시편들에서 이한직은 다시 냉소적인 톤의 시편들을 발표한다. 「독」과 「환희」가 그렇다.

> 초생달빛 푸른 밤마다
> 이슬을 받은 버섯들은
> 저마다 사나운 독을 지니는 것이라 하지 않은가
> 그렇다
> 총명한 화술보다는
> 차라리 잔인한 '사라센'의 비수를
>
> 선혈이 보고 싶어라
> 욕된 기대에 부풀어 오는
> 그 원죄의 유방에서 내뿜는
> 선지빛 선혈만이 보고 싶어라
>
> 　　　　　　　　　　— 「독」 부분

> 고층건물들은
> 나에게 항의하려 한다
> 나는 날카로운 휘파람을 한번 분다

찰나

이 역설의 도시는

화재의 바다가 되고 만다

로브·데콜테를 입은 숙녀들의

아비규환 속에서

나는 눈물이 나오도록 홍소한다

—「환희」부분

　　바로 앞의 시에서 원죄설 따위는 도편으로 추방하고 '새로운 비상을
위하여' '화음의 영토로 가자'고 자신의 아니마-여성에게 자신 있게 권
하던 시의 화자는 「독」이라는 시에서 다시 그 원죄를 '욕된 기대에서 부
풀어 오는' 것이라고 규정하고 '그 원죄의 유방에서 내뿜는/선지빛 선혈
이 보고 싶'다고 말한다. 그것은 원죄의식으로의 회귀를 의미하며 동시
에 시의 화자가 직면한 현실이 이전에 자신으로 하여금 원죄의식을 갖게
끔 했던 비정상적인 현실로 되돌아갔음을 의미한다. 초기 시의 시적 현
실이던 사라센이 다시 등장하는 것도 이와 관련된다고 할 수 있다. 뿐만
아니라 「환희」에서 화자는 불타고 있는 도시 속의 숙녀들의 아비규환을
보면서 '눈물이 나오도록 홍소한다'고 고백하는데, 이 또한 현실을 직시
하지 못하는 인간군상들의 모습을 통해 자신이 처한 위기상황이 역설적
으로 강조하고 있는 것이다. 같은 시기에 발표된 「황해」라는 시에서 시
도된 다음과 같은 교유(交喻, diaphor)의 사용 또한 현실적 혼란의 시적 증
폭이라고 할 수 있을 것이다.

　　황해

　　황해

몸부림치며 우는 동양
쓴웃음 짓는 동양

명상에 잠기는 노자老子
노호하는 이반·이바노비치

황해

얼굴에 칠한 맨소래담
녹슬은 버터·나이프

—「황해」 부분

　이처럼 이 시기 이한직의 시세계는 자신이 처해 있던 당대의 현실과
밀접한 상관관계를 이루고 있다. 즉, 점차 객관화된 비유의 비중이 줄어
들고 자신의 정의적情意的 상태와 일대일 대응을 이루는 한정된 비유 체계
에 근거한 시세계를 내보이고 있는데, 이런 점은 시인 자신이 자신을 둘
러싼 현실세계에 대해 즉각적으로 대응하고 있다는 것을 반증하는 것이
기도 하다. 중기 시의 이런 면모는 위의 시편들 이후에 발표한 몇몇 작품
들 속에서도 지속되는데, 위에서 살펴본 것처럼 해방된 조국에 대한 기대
와 좌절의 심정을 읊은 시편에 뒤이어 이한직은 스스로 사회와의 절연 속
에서 자신의 실존에 유일한 희망을 거는 몇 편의 시를 쓰게 되는 것이다.
그리고 이 작품들의 세계는 해방 직후에 발표된 시편들을 통해 표현했던
공동체적 삶에 대한 긍정적인 기대와는 극명하게 대비된다. 구체적으로
말하면 그것은 「용립」과 「미래의 산상으로」, 그리고 「어느 병든 봄에」 등
의 시편이다. 이 시편들은 그 제목에서도 공통적으로 암시되듯이 찬란한

꽃의 개화를 기대했던 시인의 좌절감을 직접적으로 드러내고 있다.

소리 없는 통곡과 몸짓 없는 몸부림에 지쳐
나는 하늘 향하여 홍소하는 버릇을 배웠다

불안한 기후만이 나의 것이다
새싹 트고 푸른 잎새 달 기약 없는
허무의 수목이 나는 되자
　　　　　　　　　　—「용립」부분

이제는 이미 일광도 강우도
식물들의 영양이 될 수 없다는 것을
나는 분명히 분명히 깨달았단다

근대近代의 주위를 휘도는
이 불모의 길을랑
자학의 입술을 굳게 다물고
나 홀로 가련다

오랜 세월을 두고
목메어 부르던 이름이여
서정의 연대는 끝났다
처참한 정신의 유혈을 인내하며
너도 미래의 산상을 향하여 너의 길을 가라
　　　　　　　　　　—「미래의 산상으로」부분

'이제는 이미 일광도 강우도/식물들의 영양이 될 수 없다는 것을/나는 분명히 분명히 깨달았단다'라고 하는 거의 산문적인 진술과, '새싹 트고 푸른 잎새 달 기약 없는/허무의 수목이 나는 되자'라고 하는 식물적 생장의 논리에 대한 전면 부정은 서로 상통하는 것으로, 한직 자신이 이전에는 식물들의 생장의 비유에 기대어 무엇인가를 꿈꾸어왔다는 사실을 알려주면서, 동시에 이제 더 이상은 그러한 현실적인 생장에의 기대가 불가능하게 되었다는 것을 함께 암시해준다. 다소 기계적이기는 하지만, 여기서도 우리는 식물적인 생장의 이법에 견주어 그가 말한 것이, 해방 이후 시대적 원죄의식으로부터 벗어난 현실 속에서 그가 자신과 동시대인들에게 걸었던 현실적 차원의 기대였음을 이야기할 수 있다.

그러나 시인은 이제 그 식물들을 '나와는 무연한 것'이라고 단언함으로써 자신의 기대를 거두어들인다. 여기서 그는 다시 한 번 초기 시에서와 같은 가상적인 현실을 상정하고 그 속에서 자신의 나아갈 길을 추구하는데, 그러나 그것은 두 시에서 반복되어 나타나는 것처럼 '서정'과의 결별을 인정하는 방향에서 설정된 것이라는 점에서 주목을 요한다. 사실상 서정과의 결별이란 주관과 대상 사이의 역동적인 상호교섭의 의사소통을 그만두겠다는 선언이기 때문이다. 그 방향을 우리는 「용립」이라는 시로부터 확인할 수 있다. '불안한 기후만이 나의 것이다/새싹 트고 푸른 잎새 달 기약 없는/허무의 수목이 나는 되자'라고 하는 진술은 이제 그가 자연적인 '일광과 강우' 등과는 전혀 상관없는 자양을 토대로 또 다른 차원에서의 비상과 성장을 지향하는 여정을 밟겠다는 의지의 표현이기 때문이다. 그리고 그것은 바로 '허무의 수목'이라고 하는 진술에서 단적으로 드러나듯 동양적 관조의 세계로의 침잠이라고 할 수 있다.

어떤 면에서 이와 같은 후퇴는 초기 시에서 보였던 소극적인 현실대응과 상응하는 것일 수도 있다. 그러나 상황은 이제 국가적 정체성이 부정되던 식민지 치하는 아니기에 그의 우회적인 대응은 초기 시에서와는 달리 보다 안정적이라 할 수 있다. 그의 중기 시는 바로 해방 이후 한국전쟁으로 이어지는 혼란스런 정국을 직접 경험하거나 목도하는 과정과 병행하고 있는데, 이 과정에서 그는 초기 시의 세계와는 구별되는 보다 적극적인 세계를 추구하다 말고 다시 우회적인 현실도피의 방향을 추구하게 되는 것이다.

4. 허무의식과 종교적 지향

중기 시의 마지막 단계에서 해방된 조국에 걸었던 기대가 미망과도 같은 것이었음을 깨달은 이한직은 이후의 시에서 그러한 자각을 확인하는 몇 편의 시를 발표한다. 이 시기 그의 후기 시편들은 거의 1년에 한 번 꼴로 발표되어 그 편수에서도 얼마 되지 않거니와, 진술방식에서도 산문적인 지향으로 인해 초기 시의 시적 긴장을 상당 부분 상실하고 있다.

'새싹 트고 푸른 잎새 달 기약 없는/허무의 수목이 되자'고 스스로 다짐한 이후 그의 시세계를 특징짓는 것은 외관적 성장에의 의욕이 아니라 내적인 생장에 대한 다짐으로 바뀐다. 따라서 그의 후기 시는 자연스럽게 그러한 내적 성장을 가능케 할 새로운 자양에 대한 탐구로 이어지는데, 반복해서 말하지만 그것은 서정이 깃들 여지가 없는 초월적이고 정신적인 그 무엇에 대한 탐구로 귀결된다. 1950년의 한국전쟁을 직접적으로 전하고 있는 「동양의 산」은 그가 자신의 실존을 확인하기 위해 취한 행로가 어딘가를 분명하게 보여준다.

　　지금 산기슭에 바추카 포砲가 진동하고

공산주의자들이 낯설은 외국말로 함성을 올린다
그리고 실로 믿을 수 없을 만큼 손쉽게
쓰러져 죽은 선의의 사람들
아 그러나 그 무엇이 나의 이 고요함을
깨뜨릴 수 있으리오

눈을 꼭 감은 채
나의 표정은 그대로 얼어붙었나보다
미소마저 잊어버린

나는 동양의 산이다
　　　　　　　─「동양의 산」 부분

　　헛되이 뿌리를 내려 삼림을 이루지 못하고 마는 산의 상태를 진술하
고 있는 2연에서 우리는 그가 중기 시에서 도달한 인식을 다시 한 번 확
인한다. 시인은 이제 '지나치게 처참함을 겪고 나면/오히려 이렇게도 마
음 고요해지는 것일까'라고 하면서 역설적으로 인고忍苦의 교훈을 되새긴
다. 뿐만 아니라 '고발 않고는 못 참는' 천품과 '격한 분화'를 자신이 어
렸기 때문이라고 추정하는 진술에서, 우리는 그가 스스로를 '동양의 산'
과 동일시하고 있음을 알 수 있다. 그러나 '눈을 꼭 감은 채'라고 하는 구
절에서 보듯이, 화자가 스스로를 동화시키는 '동양의 산'의 인고의 덕목
은 자신의 토양 위에서 행해지는 전쟁과 같은 극단적 상황에 대한 의식
적인 외면과 맞물려 있다. 따라서 그것은 아직까지는 자신을 내던질 수
있는 확고한 자양이 되기에는 부족한데, 더러 화자는 이러한 도피적인
속성에 대해 스스로 의문을 품어보기도 한다. 부산 피난 시절의 경험을

소재로 하고 있는 「여백에」라는 시편을 보자.

> 사뭇 이대로 걸어가야만 할 것인가
> 이 길
>
> 낯선 사람들과 어깨를 부비며
> 광복동 거리를 가다가 걸음을 멈춘다
> 요사이로는 도무지 슬퍼해보지도 못하는
> 서른세 살 난 사나이에게
> 이러한 때 소나기마냥 갑자기 쏟아져오는 것은
> 대체 무엇이라 이름하는 감정인가
>
> ―「여백에」 부분

이 시에서 군중들의 틈바구니를 걸으면서 자신의 선택에 대해 회의를 내보이는 것을 보면, 위와 같은 그의 인식이 도피적 성향을 띠고 있다는 사실은 분명하게 확인된다. 이렇게 볼 때 초기 시에서부터 이국적 풍경을 극화했던 시인이 동양적 허정虛靜의 정신의 본질에 정확히 다가간다는 것은 어쩌면 그 거리만큼이나 애초부터 불가능한 것일 수도 있다. 하지만 비록 그러한 종양적 정신에 대한 경도가 현실에 대한 의도적인 외면에서 이루어진 논리적인 귀결이라는 한계가 있기는 해도, 그러한 지향이 시인 자신의 존재를 확인할 수 있는 유일하게 가능한 정신적 추구의 결과였다는 점에서 일단은 긍정적인 의미를 지니는 것으로 보아야 할 것이다. 이한직의 이와 같은 태도는 아래의 시에서 보듯 더 이상 의심의 여지가 없는 확고한 믿음으로 자리잡는다.

어디로 가는 길이냐고
묻는 사람이 있으면

그냥 빙그레 웃어만 보이련다

남루襤褸를 감고 거리에 서서
마음은 조금도 번거롭지 않아라
—「시인은」부분

　김상용의「남으로 창을 내겠소」에서 노래된 관조된 태도와 방불한 위
의 시에서 이제 현실적 세상사에 대해 비교적 초연할 수 있게 되었음을
단적으로 보여준다. 앞서 그는 자신에게 있어서 서정의 연대가 이미 끝
났음을 공언한 바 있다. 그 서정으로부터의 일탈을 초기 시와 중기 시에
서 유지되었던 현실과의 긴밀한 대응을 통한 시적 동일화 과정의 포기라
고 말할 수 있다면, 서정과 결별한 그가 일상적 삶의 질서로부터 한 걸음
비켜서서 위와 같이 관조적 태도를 취하게 된 것은 지극히 자연스러운
현상이라고 할 수 있다. 이 점은 이제까지 그의 시에 특징적으로 등장했
던 번잡한 외적 장식들과의 결별에서도 분명히 드러난다.
　이렇듯 이한직의 후기 시의 세계는 외관적 현실에 대한 직접적인 연
관의 태도를 버리고 나름대로 인식한 동양적 허정의 정신에 근거해서 삶
에 대한 관조적 태도를 보이게 된다. 그리하여 행사시의 성격을 띠고 있
는「깨끗한 손을 가진 분이 계시거든」이라는 시를 제외하고 그의 본격적
시작활동의 마지막 작품이라고도 할 수 있는「잠 이루지 못하는 밤이면」
이라는 시에서, 우리는 삶에 대해서 한 걸음 옆으로 비켜난 시인이 마지
막으로 지향하는 세계가 어디인가를 보게 되는데, 그것은 바로 종교적인

구원의 세계이다.

> 이 한밤에
> 함박눈은 풀풀 내려쌓이고 있을지도 모른다
> 이 도시의 다른 모든 지붕 위에도
> 뉘우침의 함박눈은—
>
> 그렇다 동정마리아여
> 이 가슴 하나를 위해서가 아니라
>
> 저 모든 지붕과 그 밑에 놓인 삶들을 위하여
> 그대 주에게 전구하라
> —「잠 이루지 못하는 밤이면」 부분

초기 시의 독백을 거쳐, 중기 시의 청유형 대화체의 담화방식을 취하던 이한직의 시는 위의 시에서처럼 이제 종교적인 금언을 일방적으로 요구하는 화법을 취한다. 이러한 화법상의 변호는 서정에의 치열한 탐구로 일관되었던 그의 시작이 바야흐로 막을 내리기 시작했음을 암시해준다. 데뷔 이후, 시작 초기부터 자신의 정체성 추구라는 명제를 시적 탐색의 유일한 목표로 상정하고 현실세계와의 긴장된 관계 속에서 그것을 찾고자 이어졌던 그의 시세계는, 「여백에」 및 「시인은」 등에서 보듯 허무로 대변되는 동양정신에의 침잠을 거쳐서, 마지막으로 종교적인 신심에의 의지를 갈구하는 「잠 이루지 못하는 밤이면」에서는 자신을 포함한 인간의 삶 자체에 대한 종교적인 구원을 간구하는 기원에까지 이르는 것이다. 이러한 종교적인 구원에 대한 믿음과 소망의 표현을 담고 있는 그의 후기 시편들은 보편적인 인간의 한계에 대한 인식으로 이어진다. 그것은 이후의 그의 사회적 활동에서도 유추되며, 아래에서 이야기되는 것처럼 그가 6년여의 시간적 터울을 두고 발표한 나머지 세 편의 시가 그의 정치적 관심의 폭을 직접적으로 드러내고 있다는 점에서도 확인된다.

이한직은 1960년 「진에의 불꽃을」과 「깨끗한 손을 가진 분이 계시거든」 그리고 「사월의 기는」이라는 세 편의 시를 발표한다. 이 세 작품은 모두 4·19 혁명 전후의 사회적 정황의 전개에 대한 직접적인 관심을 드러내고 있는 시편들로서, 자유당 정권의 부정선거를 규탄하는 학생들의 의거를 찬미하고, 혁명과정에서 숨겨간 젊은이들의 죽음의 의미 및 그 영원성을 기리는가 하면, 그 뒤를 잇는 과도정부의 부도덕한 정치적 행태 등을 신랄하게 비판하고 있다. 그리고 아래에서 보다시피 그 시편들은 「깨끗한 손을 가진 분이 계시거든」을 빼고는 한결같이 격앙된 어조로 일관되고 있다.

> 욕된 권력의 손이 너의 입을 막거든
> 노한 두 눈을 부릅뜨고
> 너의 눈동자로 하여 진에瞋恚의 불꽃을 쏘아 뿜게 하라
>
> 한낮 햇빛 아래에서 오히려 늠열凜烈히 반짝이는 것
> 눈동자 눈동자 눈동자
> 젊은 눈동자들
>
> 어질고 착하게만 살아왔기에
> 그 눈동자
> 부정을 규탄하여 작렬하리라

―「진에의 불꽃을」부분

이 깃발을 보라
세찬 공감의 바람을 안고
푸른 하늘에 퍼덕이고 있는
혁명의 기를

민권강도의 수괴首魁의 도망을 돕고
부정축재자의 누재陋財를 지켜주기에 급급한 무리여
과도정부란 이름 아래
혁명의 결과를 날치기한 몰염치한들이여

―「사월의 기는」부분

위의 시들은 시적인 비유도 극히 일반적인 차원에 머물고 있을 뿐만
아니라, 어휘에 있어서도 '권력', '민권', '혁명', '과도정부', '부정축재'
등의 생경한 용어들을 직접적으로 시에 차용함으로써 시적 긴장력을 감
소시키고 있다. 이러한 현상은 위에서 말한 것처럼 시인 자신의 목적론
이 일차적으로 강조되고 있는 데서 비롯된 것이다. 따라서 이런 현상은
이 시기 그의 관심이 시보다는 격변기의 정치적인 사건들에 보다 기울어
져 있음을 보여주는데, 전기적 사실에서도 알 수 있듯이 그의 이런 관심
의 추이는 그가 1956년 시사종합지《전망》을 주재, 발행했었다는 점에서
도 확인된다. 뿐만 아니라 이 시기 그는《문학예술》의 시 추천을 담당하
는 한편 조지훈과 함께 고려대에 강의를 나가는 등의 왕성한 대외적 활
동을 하는데, 이 점을 감안해본다면 그가 1960년에 발표한 세 편의 시작
품들도 기본적으로는 그의 대對사회적 관심사의 연장선에 놓이는 것으로

보인다. 위 시들은 이미 개인의 서정이라기보다는 공적인 발언에 가까운 것이다. 그런 만큼 위의 시들은 그의 본격적인 시작의 세계와도 일단은 구별되는 작품들이라고 할 수 있다.

결론적으로 말해, 이한직의 시세계는 크게는 유찬의식을 다루고 있는 초기 시와 식물적 상상력에 기대어 자신과 사회 전체의 비상과 생성을 꿈꾸었던 중기 시의 세계를 거쳐, 동양적 허정의 정신에 침잠했다가 다시 종교적인 구원을 갈구하는 후기 시 등, 대략 세 단계의 변모과정을 보인다고 할 수 있다. 그러나 이러한 분명한 변화에도 불구하고 이한직의 시세계는 전체 시작에 걸쳐 하나의 일관된 테마에 대한 천착을 보이고 있다고 말할 수 있는데, 그것은 앞서 말한 것처럼 자기정체성 추구라는 탐색의 과정이다. 사실상 식민지 현실에서 잃어버린 원향이라고도 말해질 수 있는 이상적 공간에 대한 수평적 탐구로 일관된 초기 시의 세계와, 식물적 상상력에 기대어 새로운 생성과 결실을 꿈꾸었던 중기 시의 수직적 세계는 시적 담화의 측면에서 볼 때 거의 동일한 의식으로 이해되며, 뿐만 아니라 그가 후기 시에서 접근한 보편적인 인간의 실존적 위기상황도 그가 초기 시에서 내보였던 개인 유찬의식의 확산과 심화로 보이기 때문이다.

5. 시론과 세계문학에 대한 이해

위에서 지적한 것처럼 이한직의 본격적인 시작활동은 「잠 이루지 못하는 밤이면」을 마지막으로 실질적으로 중단된다. 그러나 시작을 그만두었다고 해서 문학적 활동 전체가 정지된 것은 아니다. 이한직은 그후에도 시 추천 위원으로서, 그리고 서구문학을 소개하는 전신자로서 계속해서 문학계와 관계를 맺는다. 물론 그의 시작 외의 산문 및 단편적인 시론 성격의 글은 그 이전부터 있어왔으나, 연보상으로 보면 이중 대부분의 글이 그가 시작을 중단한 이후에 쓰인 것들이다. 이런 점에서 그가 남긴 산문의 세계를 검토하는 것은 그의 시세계의 전개에 대한 간접적인 이해는 물론, 시작 중단 이후의 문학적 사유의 한 방향을 이해하는 데 있어서도 암시적일 것이라고 생각된다. 이런 의미에서 여기에서는 초기 산문에서 드러난 시에 관한 그의 진술과 그 밖의 시론성격의 글들 및 1956년 그가 《문학예술》의 추천 위원으로 있을 당시 간간히 발표한 「선후감」을 중심으로 하여 시에 대한 그의 견해를 살펴보고, 두 번째로 외국문학 전신자로서의 그의 역할과 태도를 검토함으로써 이한직의 문학세계를 종합하고자 한다.

초기에 이한직이 시에 대해 지녔던 사고는 그가 데뷔 직후 《문장》에 발표한 「한翰」이라고 하는 두 편의 산문에서 발견된다. 그중에서도 아래와 같은 그의 글은 시인으로서의 데뷔 직후 자신의 시에 대한 견해를 밝히고 있는 최초의 글로서 초기에 그가 어떤 시를 지향하고자 했었는지를 알아보는 데 있어서 중요한 단서가 된다. Z형에게 띄우는 서신 형식으로 쓰인 이 글에서 이한직은 다음과 같이 말하고 있다.

과연 현대는 이지와 의식의 시대임에 틀림없습니다. 이러한 시대의 문학정신의 주류가 리얼리즘이고 또한 주지주의인 것은 극히 자연한 일이겠지요. 그러나 우리들은 이미 너무도 지나친 우리들의 의식의 과잉과 이지의 불면으로 말미암아 고민하고 있지 않습니까. 그렇다 하더라도 형이 말씀하신 대로 과거의 낭만주의로 돌아갈 수는 없을 것입니다. 이것은 제가 감히 스스로 기도하여본 선험이었습니다. 그리하여 낭만주의와 리얼리즘을 같이 지양한 어느 새로운 경지에 동경을 아니 느낄 수는 없는 것입니다.

— 《문장》, 1940. 12.

　1930년도부터 본격적인 시론을 발표해온 김기림이 주지주의 시론의 대표적인 것이라 할 수 있는 「오전의 시론」을 발표한 것은 1935년이다. 그리고 같은 시기에 최재서는 「현대주지주의문학론」을 《조선일보》에 발표한다. 따라서 1930년대 후반기는 한국 시단에 있어서 주지주의가 하나의 주도적 조류를 이루었던 시기라고 볼 수 있는데, 이 점에서 본다면 이한직이 자신이 시작할 무렵의 문학적 정황을 위와 같이 이야기한 것은 비교적 정확한 진단이라고 할 수 있다. 하지만 더 나아가 위의 진술은 그가 추구하고자 했던 시의 방향까지를 암시해주고 있는데, 그가 선험적으로 체득했다고 하는 '낭만주의와 리얼리즘을 같이 지양한 새로운 경지'가 어떤 시세계를 의미하는지는 분명하게 드러나 있지 않지만, 앞서 살펴본 그의 초기 시가 민감한 언어감각과 동시에 우회적인 현실안의 접합을 시도하고 있었던 점을 생각해볼 때, 추측컨대 그것은 서정성과 이지적 측면의 균형 잡힌 세계를 지칭하는 것이 아닐까 한다. 그리고 또 하나 분명한 것은 그가 주지주의에 대하여 그다지 우호적이지 않았다는 사실이다. 이는 아래의 인용문에서 단적으로 드러난다.

　그보다도 지금 우리 시단에서 저로서는 더욱 타협할 수 없는 요술사 한 분이 있다는 것은 형과 함께 시단을 위하여 슬퍼하지 않을 수 없습니다. 그는 일찍이 측후소의 기상예고 같은 시집을 활자화함으로써 자위하던 사람입니다. 그를 생각할 때마다 "예술이란 형태를 주는 것이다"라고 한 자콥의 말을 새로 기억하게 됩니다. 과연 그렇습니다! 그러나 이 말을 곡해할 때 "예술이란 신기한 장난"을 하는 것이 되나봅니다. 이해와 곡해

에 따라 그 결과는 천양의 차가 생기는 것이지요. 연고로 다만 제일 중요
한 것은 양식의 문제일 것입니다.

—《문장》, 1940. 12.

위의 인용문에서 이한직이 타기하고 있는 시인과 작품이 김기림과
그의 『기상도』임은 어렵지 않게 알 수 있다. 그가 당대 주지주의 시의 한
전형으로 평가되었던 김기림의 시를 폄하하게 된 이유는 위의 인용문에
나타나 있는 것처럼, 그가 회화적 이미지의 구축에만 초점을 두는 주지
주의의 극단적인 작업을 예술에 대한 양식의 결여 위에서 행해진 일종의
'장난'에 불과하다고 여겼기 때문인 것으로 보인다. 이 점은 같은 글에서
그가 "technic이 예술을 위해서 존재하는 것이고 예술이 technic을 위해
존재하는 것이 아니라는 것을 시인들이 명심해야 한다"고 강조하고 있는
데서도 확인된다. 기법 만능의 주지주의 시에 대한 이한직의 비판은 더
나아가 현대문명과 과학을 시적 소재와 주제로 즐겨 선택하는 이들의 시
적 태도를 비판하는 데에까지 나아간다. 위에 인용된 글보다 1년 전에
발표된, 역시 「한」이라는 동명의 수필에서 그는 자신이 생각하는바 시인
의 양식의 문제와 연관되는 사고의 한 편린을 제공하고 있다. 이 글에서
그는 시의 시대의 종언을 고하고 더 나아가 잘못 인식된 지성으로 기계
를 더 믿는 진보적 인텔리겐챠들의 이른바 문명비평의 시각에 내재되어
있는 인식상의 허점을 지적하고 있다는데, 그것을 문명비평의 시대에 있
어서의 시의 본질과 위상의 문제와 연관 짓고 있는 점에서 앞서 그가 말
한 시인의 양식의 문제와 관련을 맺고 있는 것으로 보인다. 그는 시의 시
대는 지나갔다고 하고, 문명비평을 일삼는 사람들을 '허구적인 위악가'
라고 규정하면서 다음과 같이 말한다.

또 그들 현대의 진보적 인텔리라고 자칭하는 분들이 무엇보다도 위하고 자랑삼는 지성으로 하더라도 그것은 확실한 뿌리를 가진 것은 아닌 것 같습니다. 모든 정당한 판단과 총명한 통찰은 어두워지고 양식은 환경의 변화에 따라서 동요되고 왜곡되고 있는 사실을 형도 보시지 않습니까. 참된 지성에는 없을 수 없는 고매한 한 객관성조차 볼 수 없습니다. 그야 혼돈은 우리들이 당면한 현실이겠지만 지성의 패배가 과장된 심각한 표정으로 논의되는 그 이유를 생각해본다면 그들은 실지로 현실의 날카로운 비수에 살을 찍히고 꼼짝할 수 없는 혼돈의 옥獄에 유폐되었다는 것보다는 장차 당래할 현실과의 격렬한 알력을 예상하고 겁내는 나머지 주저앉았다고 할 수가 있습니다. 요컨대 오늘날 우리 문학이 이와 같은 혼돈 가운데 빠진 것은 너무도 민감하고 담약한 우리들의 감수성에 원인하는 것이 아닐까 합니다.

― 《문장》, 1939. 9.

여기서 이한직이 문제 삼고 있는 문명비평의 의식이 앞에서처럼 특징적으로 김기림 류流의 시작업을 지칭하는 것인지는 분명치 않다. 뿐만 아니라 문명비평적인 시선을 견지하고 있던 당대의 시편들이 진정 시의 본질에 대한 부정 위에 서 있었는가 하는 점도 더 고찰해야 할 부분이다. 하지만 위의 인용문을 볼 때 이한직이 문명비평적 태도를 지니고 있는 주지주의 시의 지배적인 경향을 현실에 대한 대결의지를 상실한 '담약한 감수성'의 결과로 인식하고 있었다는 점은 분명하며, 또 그러한 견해가 그가 위에서 타기했던 시인의 양식의 결여라는 문제와 결부되어 있으리라는 추정도 어렵지 않게 할 수가 있다. 시에 대한 이한직의 이런 견해는 스스로의 말을 빌면, "지성을 믿는 것과 똑같은 정도로 시도 잊어버리지 않"아야 하는 태도로 이야기된다. 그리고 이는 주지주의의 강점인 이미

지를 통한 형상화가 나름대로 의미있는 시적 작업으로 존재하려면, 공소한 문명비평의 포즈를 취하기보다는 시인 자신이 발 딛고 선 현실에 대한 적극적인 응전력이 전제로서 마련되어야 한다는 논리로 해석된다.

비록 그 성취도의 문제에 대해서는 이론의 여지가 있지만, 필자가 보기에 시대적 유찬의식으로 해석된 그의 초기 시에서도 이러한 시관은 진지하게 반영되어 있는 것으로 생각되는데, 이러한 견해는 이한직이 해방 후의 시작에 있어서까지 일관되게 견지했던 시창작의 하나의 전제가 되고 있다. 실제로 해방 이후 《문학예술》의 시 추천 위원으로 활동하면서 「시천기」를 통해 내보이고 있는 생각에서도 이와 같은 점이 확인된다. 한 예로 1955년 12월 《문학예술》에 실린 '시천기'에서 그는 투고해온 신인들의 시의 약점이 "움직이고 있는 시대를 무시 내지는 한각閑却한 데에 기인하고 있다"고 지적하면서 "내면생활의 충실과 시대에의 과감한 대결 그리고 집요한 구심求心과 안이한 서정의 양기揚棄"를 시 제작에 요청하고 있는 것이다.

이렇듯 시에 있어서 현실에의 투철한 인식을 요구하는 이한직의 견해는 더 나아가서 시의 사회참여를 적극 건의하는 방향으로 이어진다. 그는 1958년 1월 17일자 《동아일보》에 발표한 「정신생활의 옳은 반영」이라는 글에서, "시란 정신과 현실의 비등적인 교섭이 있은 후에 침전하여 생겨난 결정이다"라고 하는 외국 논자의 명제를 인용하여 "시란 우리의 정신생활의 현실을 있는 그대로 반영하는 것이라야만 할 것"이라고 강조하고 있다. 그는 계속해서 다음과 같이 말한다.

우리의 정신생활의 현실이 왕조풍의 서정이나 영탄이 아님은 재언할 필요조차 없다. 우리의 세대는 동족상잔의 뼈저린 참화를 겪었고 우리의 정신은 날카롭게 대립하는 두 개의 사상을 숙명의 짐으로서 등지고 있다.

그리고 전 인류의 멸망을 약속하는 전쟁발발 가능성도 쉴 사이 없이 우리를 위협하고 있는 것이다.

이와 같은 불안을 구원하는 무엇까지는 못 될망정 적어도 이처럼 절실한 위기의식을 시는 그 발상에 있어서 옳게 반영해 있어야 할 것이 아니겠는가.

이러한 의미에서 이즈음 자주 논의되고 있는 시의 사회참가라는 문제도 우리는 그것을 다시 한 번 진지하게 생각해볼 필요가 있다.

이 글의 말미에서 이한직은 시의 사회참가라는 것은 기존에 보아왔던 공산주의자들의 '아지프로'의 시나 일본군국주의의 침략전쟁을 옹호하는 것이 아닌, "자유인간으로서의, 자율적인 그것"이라고 그 의미를 설명하고 있다. 이렇게 보면 시라는 장르를 동시대의 현실과의 맞대면 속에서 그 생명력을 얻는 것이라고 보는 견해는 이한직의 전 생애에 걸쳐 일관되게 지속되었던 하나의 시관이라고 보는 것이 무리는 아닐 것이다.

이상이 이한직이 시에 대해 지녀왔던 원론적 성격의 시론이라면 이후에 발표한 시에 대한 다른 글들은 시평적詩評的 성격을 강하게 띠고 있는 글들이다. 이 글들에서는 전후 시에 대한 그의 해부와 분석, 그리고 이후의 시단의 전개에 대한 그의 관심과 그것의 표명이 전체적으로 시단이 침체하고 쇠약해져 있다고 하는 판단 위에서 행해지고 있다는 것을 알 수 있다. 물론 전체적인 시단의 쇠약에 대한 표명은 시의 사회참여를 제의한 위의 글에서도 찾아볼 수 있는데, 여하튼 이한직의 전후 시문학의 전개에 대한 이러한 관심은 한국 현대시사의 전개에 대한 한 해석을 제공하고 있다는 점에서 고찰될 만한 의미가 충분히 있다.

전후 시단의 정황 및 그 전개에 대해 이한직의 견해가 최초로 드러나는 글은 1957년 1월《문학예술》에 발표한 「시천기」이다. 이 글에서 이한직은 먼저 한국전쟁을 계기로 빚어진 시문학계의 변화를 다음과 같이 진단한다.

6·25 사변을 계기로 해서 우리나라의 시에는 이질적인 몇 가지의 요소가 가미되었습니다. 전쟁으로 말미암은 죽음의 공포, 참담한 궁핍 그리고 사회적 모순, 이와 같은 혼란을 겪은 젊은 세대들은 그 절망과 불안과 허무감으로부터 탈출하기 위해서 몸부림치며 자신의 머리털을 쥐어뜯었던 것입니다. 이와 같은 내공(內攻)적인 비통한 절규가 마침내는 새로운 시적 사고의 흐름이 되어 시단에 이질적인 개화를 이루어놓았다고 보아도 큰 잘못이 아니겠지요. 새로운 세대의 시인들은 혼란한 사회적 현실 가운데서 미래를 지향하는 그들 자신의 정신적 자제를 안정시키는 한 방법으로 시를 제작했던 것입니다.

시라고 하는 거울을 통해서 다시 한 번 자신을 검토해볼 수가 있다고 그들은 믿은 것이지요. 그들은 이와 같이 절실한 정신적 요구 때문에 냉정히 자기 관조를 할 틈은 갖지 못했습니다. 그들은 때로 문학에 있어서의 전통적인 약속까지 무시했고 마땅히 겪어야 할 수련마저도 생략하기가 일쑤였던 것입니다. 그들에게 있어서는 작품의 짜임새 같은 것은 오히려 둘째 문제이고 그것보다는 자기 자신을 작품 속에서 해부함으로써 미래에 대한 가능성을 알아두자는 것이 선결문제였던 것이지요.

위의 글에서 이한직은 전쟁 체험이 시인들에게 가한 정신적 충격의 내용과 그것이 당대 신진시인들의 실제 시작에 미친 영향 등을 지적하고 있다. 이한직은 새로운 세대들의 시작품의 공통점을 "컴컴한 불안과 회의"라 규정하고, 전쟁의 경험과 "서구의 원서를 읽을 수 있는 문학적 교양"이 이들로 하여금 "재래의 '리리시즘'이나 '리얼리즘'으로 쏠리는 것을 용서치 않"으며, "그들의 절박한 현실의식은 그들이 '모더니즘'으로 가는 길도 막고 있"다고 지적한다. 전쟁 후의 시단에 대한 이한직의 이런 견해는 다소 일반적이고도 인상적인 차원의 진술로도 볼 수 있다. 하지만 그는 그들의 작업이 다소 거칠기는 하지만, 동시에 그들의 작업에서 "새로운 인간성을 모색하는 젊은 지성인의 떨리는 손길을 느낄 수가 있"다고 긍정적인 입장을 견지하고 있다. 같은 해 12월 한 해의 문화계를 총평한 글과 다음 해인 1958년 발표한 「상반기 시단의 인상」이라는 글에서 이한직은 위에서 언급한 내용들을 보다 구체적인 비평적 언술로 표현하고 있다.

1957년 12월 14일 『경향신문』에 발표한 시단 총평인 「낡은 의상을 벗은 해」에서 이한직은 한국시의 전통이라고 할 수 있는 서정이라는 것이 적敵은 물론이고 자기 자신을 다치게 할 수도 있는 '양날[兩刃]의 검'임을 전제한 후, 실제로 전후의 시단이 이러한 서정시의 '자괴自壞작용'을 경험했음을 강조하고 나서, 위에서 말한 바와 같은 새로운 시인들의 형태 파괴실험의 덧없음에 대한 자각으로부터 "서정성과 비평성의 융합의 가능성이 탐색되기 시작했던 것"이라고 말하고 있다. 여기서 '서정성'과 '비평성'이라는 개념은 이한직 자신이 만들어낸 비평적 용어로서, 전후 시단을 조밍하는 이한직의 견해를 살펴보기 위해서는 세심한 이해를 요구한다. 그러나 이한직 자신이 명료하게 이 두 용어에 대한 정의를 내린 적은 없어서 다른 방식으로 이해되어야 하는데, 이한직이 이 두 용어로서 의미한 바가 무엇인지는 1958년도에 발표한 「상반기 시단의 인상」이라는 글에서 그 대략적인 개념을 유추해볼 수 있다. 그는 다음과 같이 말한다.

구랍舊臘, 어떤 일간지를 위해서 쓴 연간총평에서 나는 서정성과 비평성을 융합시키려는 노력의 싹을 지적한 일이 있다.

    그러한 노력이 우리나라의 시정신의 쇠약을 막는 가장 좋은 처방임을 나는 지금도 굳게 믿고 있는 것이다. 서정이 그 본질에 있어, 시정신의 '정靜'의 면이라고 한다면 비평성은 '동動'의 면이요, 대상의 어떠한 변모를 예상 또는 기대한다는 점에서 적극적이고 진취적인 창작태도라고 말할 수 있을 것이다.

    모아들인 자료를 읽어가면서 나는 이 비평성의 싹이 굳세게 자라나고 있음을 보고 적이 만족할 수가 있었다. 이러한 계열의 시에도 그 가운데에 두 가지의 흐름이 있음을 손쉽게 알아낼 수가 있었다. 즉 내향하여 깊이 파들어 '자기'를 응시, 관조하는 태도와 외향하여 현대문명, 그 자체와 날카롭게 대결하려는 태도가 그것이다.

    위의 글에서 이한직은 전후시단이 서정성과 비평성의 융합의 싹이 "스스로의 시대를 냉정히 살펴볼 여유"에서 비롯되었다고 말한다. 이 발언을 전쟁체험이 가져온 정신적인 충격 및 그로부터 비롯된 시형식상의 균열이라는 뜻으로 생각해볼 때, 그가 말하는 '비평성'은 전후의 시대 및 문명현상에 대한 이지적인 통찰과 풍자를 지칭하는 것으로 보인다. 왜냐하면 이 글에서 그는 김수영의 시가 지니고 있는 "현대에 처하는 사람의 연회색의 우울과 애처우리만치 준열한 저항의 자욱" 및 송욱의 「하여지향」 연작시가 내보이는 "날카로운 사회풍자와 대담한 시어실험", 그리고 그밖에 전봉건과 김구용 등의 시편의 "요설체"의 경향을 긍정적인 것으로 평가하고, 그로부터 새로운 시의 가능성을 읽어내고 있기 때문이다. 따라서 그가 말하는 '서정성'이 보다 일반적이고 전통적인 시의 속성을 지칭하는 것이라면, '비평성'은 시대적인 응전의 양상을 포괄하는 의미라고 보아도 무방할 것이다.

1950년대 후반부터 시작된 한국 현대시의 새로운 물결이 실제로 김수영, 전봉건, 송욱, 김구용 등의 사회적 비판의 시각 및 그것을 담는 방편으로서의 펀(pun)의 사용 등으로 특징지어지면서 서정시의 폭을 넓히고 속물의식 등을 비판하는 등 자체의 건강성을 획득했다는 사실에 비추어볼 때, 이한직이 '비평성'이라는 개념으로 전후 시의 건강한 전개방향의 일단을 진단하고 또 긍정적으로 보았던 것은 시기상으로도 그렇고 개념상으로도 적절하며 정확한 것이라고 할 수 있다. 결국 이한직의 견해는 전후 한국시가 그 쇠약함에서 탈피하여 건강한 상태를 지향하기 위해서는 전통적으로 유지되어 온 서정적인 본질에 대한 기본적인 인식 위에서 현대문명 전반에 대한 적극적인 인식적 대응력을 갖추어야 한다는 논리로 볼 수 있다. 이러한 점은 그가 앞서 제의한 시의 사회참여가 어떤 의미를 갖는 것인지를 부연하고 있는 예인데, 이런 점에서 그가 말한 '비평성'이란 개념은 전후 한국 현대시의 전개를 설명할 수 있는 유용한 개념이라고 생각된다.

이상 개략적으로 살펴본 것만 보더라도 우리는 이한직이 초기부터 자신의 시가 출발하는 문학적 정황을 올바로 이해하고 있었고 그 위에서 시창작과 함께 한국 현대시의 나아갈 방향을 진지하게 궁구했다는 사실을 확인할 수 있다. 물론 앞서 살펴본 것처럼 그의 시작은 편수로도 그다지 많지 않아 동년배의 청록파 시인들처럼 명확한 모습을 보여주기에는 미약한 면이 있지만, '비평성'과 '서정성'의 융합이라는 독특한 시론을 전개함으로써 우리 시의 나아갈 방향의 일단을 제시하고, 또 그와 같은 시관 위에서 문예지의 신인추천을 담당했던 것은 전후 침체된 시단의 분위기 속에서 소기의 역할을 충분한 한 것으로 평가되어도 좋을 것이다.

이상과 같은 시론전개의 활동 이외에, 이한직은 또한 외국문학을 소개하거나 직접 서양의 문학작품을 번역 하는 등의 활동도 했다. 구체적으로 살펴보면 그는, 「로렌스의 연구」(《국도신문》, 1949. 9. 13~9. 14)와 「현대세계문학(1)-상실된 세대와 현재-미국 편」(《문학예술》, 1954. 4), 그리고 「사실주의의 중요작가군―사실주의문학 해설」(《협동》 43호, 1954. 7) 등의 글을 썼는가 하면, 로렌스의 『사랑스러운 여인』과 하이네의 『회상록』을 번역 출판했던 것이다.

《국도신문》에 이틀에 걸쳐 발표된 「로렌스의 연구」는 먼저 번역문학 사적으로 볼 때 로렌스의 대표작이라 할 수 있는 『채털리 부인의 사랑』의 국내 첫 소개라는 점에서도 의의를 지니고 있는 글이다. 이 글에서 그는 줄거리 요약에서부터 작가의 의도 및 작품이 시대적으로 차지하는 의미에 이르기까지 깊이 있게 논의를 진행하고 있는데, 이는 그의 로렌스에 대한 이해가 남달랐음을 보여주는 한 증거가 된다고 할 수 있다. 이한 직은 먼저 동경의 한 서점에서 일본어 번역판에서조차 그 표현상의 문제로 상당 부분이 삭제된 『채털리 부인의 사랑』의 삭제 원고까지를 입수하게 됨으로써 자신이 로렌스의 신자가 되었음을 고백하고 이 작품을 논의하고 있다. 특히 그는 이 글에서 소설의 줄거리는 물론이고 작가 로렌스의 '제작여담'에 준해 로렌스가 그 소설을 쓰게 된 동기를 설명하고 그에 대한 자신의 견해까지도 밝히고 있는데, 여기에서 드러나는 그의 전신자적 태도 또한 자신의 문학적 태도와 모종의 연관성을 지니고 있는 것으로 보인다. 그는 다음과 같이 적고 있다.

육체와 신앙을 분리하고 난 이후부터 인류의 비극이 시작되었던 것이다. 현세의 인류비극은 때를 같이하여 발생한 것이다. 인간재생의 문제를 결합하고 난 다음 비로소 인간재생이 이루어지는 것이다. 우선 우주에 대하여 다음에는 여성에 대하여 그다음에는 남성에 대하여 우리는 혈액의 관계에 있어 결합되지 않으면 안 된다고 한 그의 말이 곧 그의 '제작여담'의 주지主旨인데 이것만을 들자면 그다지 신기스러운 점도 없다. 한걸음 더 나아가서 생각해보기로 하자. 사상적 결합만을 ××로 육체적 결합의 가부는 참작지 않고 결혼하는 것은 큰 화근이라 하지 않을 수 없다. 남녀 간의 참다운 결합이란 우주의 '리듬'에 합치하여 이루어진 것이 아니면 안 될 것이고 인간 혈액의 참다운 결합만이 참다운 결혼의 의의인 것이다. 인류를 소생시키기 위해서는 참다운 결혼을 건설하지 않으면 안 된다. 이것만이 인류를 영겁미래에 연결시킬 수 있을 것이다. 그러면 그 방법은? 하고 물으면, 로렌스는 '나도 그것은 모른다'고 대답할 것이다. 그는 다만 방향만을 가리키고 있는 것이다. 로렌스의 눈앞에는 언제나 한 개의 환영과 그 환영에 ××되는 한 세계가 있을 뿐이다. 그 두 개의 세계를 옳게 건너가는 것이 우리들에게 부과된 과제이다. 그리고 이것이 이단자 로렌스를 이 땅에 쓴 소금으로 활용하는 유일한 방법이다.

인용문의 말미에서 그가 "로렌스를 이 땅에 쓴 소금으로 활용하는 유일한 방법"이라고 말한 것은 이한직이 전신자로서 모종의 효용론적인 입장에서 로렌스의 작품을 소개하고 있다는 사실을 알려준다. 엄부 밑에서 전통적인 유교적 가치관의 교육을 받고 성장한 이한직이 다분히 이질적인 로렌스에 경도된 것은 다소 이채로우며, 그 이유 또한 분명치 않다. 이 외에도 이한직은 「상실된 세대와 현재」라는 글에서 제1차 세계대전 이후에 미국문학을 이끈 헤밍웨이와 윌리엄 포크너, 존 도스 패서스와 존 스타인벡 등의 작가 및 그들의 작품을 소개하고 있는데, 여기에서 그는 로렌스를 소개할 때와 마찬가지로 이들의 연대기적 삶의 기록은 물론 작품세계에 대한 조명 및 세부적인 차원에서의 소설의 기법까지를 비교적 심도 있게 논의하고 있다.

이한직은 "전쟁의 결과로서 정치에 대하여 신뢰감을 잃고 사회에 대한 적극적인 관심을 가질 수 없이 되어 전후의 혼란 가운데에서 인생의 방향을 상실하고 만 사람들"의 문학적 대응을 알아보고, 그리고 더 나아가 제2차 세계대전을 겪은 작가들의 문학적 탐구의 한 방향을 타진하기 위해서 로렌스와 서구의 사실주의 작가들의 작품세계를 소개하였다고 볼 수 있다. 그리고 그 소개는 그것을 타산지석 삼아 동족상잔의 전쟁을 경험한 한국문학의 나아갈 방향을 모색하고자 했던 의도에서 이루어진 것으로 보인다. 그것이 바로 이한직의 전신자적 태도라고 할 수 있는데, 이 점에서 우리는 이한직의 서구문학에 대한 관심과 그 수용이 개인적인 취향 차원에서 이루어진 것이 아니라 현실에 대한 건강한 문학적 대응의 방향을 모색하고자 했던 그의 일관된 문학관의 연장선상에서 행해졌다고 볼 수 있다.

6. 맺는말

살펴본 것처럼 이한직은 식민지 말기라는 현실에서 점차 의문시되는 자기정체성을 확인하려는 목적 아래에 일관된 시적 여정을 밟아갔다. 이 점은 그의 산문 및 외국문학 수용과정에서 피력된 그의 전신자적 태도에서 확인된다. 이한직의 시세계는 객관적인 비유의 속성 및 그 이미지들의 계열로 볼 때 모더니즘의 속성을 강하게 내보이고 있으나, 스스로가 경계한 것처럼 회화적 이미지 자체만으로 국한되는 주지주의 계통의 시작과의 의식적인 거리를 두고 있다. 이는 그가 세련된 시적 비유를 구사하면서도 동시에 역사적 현실 속에서 실존적인 자아의 올바른 위상을 찾고자 하는 진지한 시정신을 견지했다는 점에서도 확인된다.

이한직의 시세계는 자아와 현실에 대한 치열한 의식과 언어에 대한 자각의 접목을 통해 보편적인 실존을 문학적으로 형상화하려 한 특징을 보인다. 이것은 이전의 시가 경험하지 못했던 새로운 현상이면서 또한 피할 수 없는 책무라고도 할 수 있는데, 물론 이한직의 시가 시대적으로 부과된 이와 같은 책무를 온전히 감당해냈다고는 볼 수 없다. 그의 시에 대한 일각의 평가대로, 그의 시에 상호 모순되는 인식들이 공존하고 있을 뿐만 아니라, 시대와 그 속에서 규정될 수밖에 없는 인간의 보편적인 삶에 대한 그의 태도가 개별적인 작품 속에서 완숙한 표현을 얻고 그럼으로써 새로운 시적 인식의 차원을 충분히 보여준 것은 아니기 때문이다.

그럼에도 불구하고 이한직의 작업은 시와 시평 양 측면에서 일정한 의의를 지닌다. 이미 살펴본 바와 같이 그가 《문학예술》의 시 추천 위원으로 있으면서 신진시인들의 시를 평가하는 기준으로 삼았고 또 비평적으로 진지하게 요구했던 덕목이 현실에 대한 강한 응전력이었다는 점과, 전후 시단이 나아가야 할 건강한 방향으로 '서정성'과 '비평성'의 융합을 지적하면서 그것을 모더니즘의 폐해를 극복할 수 있는 중요한 방법으로 파악하고 있다는 점은 특기해야 할 것으로 보인다.

1921년   경기도 고양군 용강면龍江面 아현리阿峴里 47번지에서, 부 이진호李軫鎬와 모 김숙경金淑卿 여사의 2남 1녀 중 장남으로 출생. 본관은 전의全義.《문장》에 발표한 자신의「소력小曆」에는 평안도 관찰사의 차자次子로 표기되어 있음. 이형기의 논문에 의하면, 그의 부친은 일제가 한국을 합병한 이후 중추원 참의와 경북지사 그리고 총독부 학무국장을 역임한 것으로 되어 있음.

1937년   9월 조선일보사가 발행하는 《여성》에 시「매상기昧爽記」를 발표함. 등단 전에 어떻게 해서 이 시를 발표했는지 그 경위는 알 수 없음.

1939년   경성중학을 졸업함. 소력에는 이대 모某 대학 예과豫科시험에 떨어져 권토중래중임을 밝히고 있음.

           일본 게이오〔慶應〕 대학 법학부에 입학함.

           같은 해 5월에 정지용의 추천으로《문장》에 시「풍장」,「북극권」을 발표하면서 등단함.

1943년   게이오 대학 3학년 재학시 학도병으로 끌려갔다가 해방과 더불어 귀국.

1946년   청년문학가협회 창립준비위원의 한 사람으로 유치환, 서정주, 조지훈, 김동리 등과 함께 민족진영에 서서 활발한 문학활동을 함.

1950년   6·25 당시 종군문인으로 공군 소속 창공구락부의 일원으로 종군함.

           피난지 부산에서 김성수金性洙의 차녀 김상현金相玹과 결혼함.

1951년   장녀 소명小明 출생.

1952년   편저『한국시집』을 대양출판사에서 출간.

1953년   해병사령부 정훈감실에서『청룡』을 발간.

1954년   번역서『젊은 날의 고백』을 인문각에서 출간.

1955년   로렌스의『사랑스러운 여인』을 청수사에서 출간.

1956년   종합지《전망》을 주재主宰함.

           월간《문학예술》의 시 추천을 담당하여 박희진, 신경림, 이일, 허만하, 성찬경 등의 시인을 문단에 소개함.

1957년   조지훈 등과 한국시인협회를 결성, 그 운영의 중핵 역할을 함.

『중학생의 작문』(방기환 공저) 출간.

1958년 　차녀 영군玲君 출생.

『문장강의』(박영준 공저)를 서린문화사에서 출간.

1960년 　4·19 혁명이 일어나자 젊은이들의 의거를 북돋우는 시편들을 발표함. 그 해 겨울에는 4·19의 도화선이 되었던 김주열 열사의 모친인 권찬주 여사 의 소파상 수상식에 참석하여 「진혼의 노래」라는 작품을 낭송함.

1961년 　주일 문정관에서 물러난 후, 사업에 뜻을 두고 전자공업에 종사함.

1967년 　7월 14일 췌장암 및 암성복막염으로 도쿄 네리마〔練馬〕구 병원에서 사 망함.

1976년 　사후 박목월, 박두진, 조지훈 등에 의해 유고시집 『이한직 시집』이 서울 문리사에서 간행됨.

■ 시

1937년   「매상기」,《여성》, 9.

1938년   「풍장」,《문장》, 5.

          「북극권」,《문장》, 5.

          「기려초」,《문장》, 6.

          「온실」,《문장》, 8.

          「낙타」,《문장》, 8.

1939년   「가정」,《문장》, 11.

1940년   「높새가 불면」,《문장》, 3.

1946년   「붕괴」,《동아일보》, 8. 13.

1947년   「설구」,《경향신문》, 1. 3.

1948년   「비상」,《경향신문》, 2. 20.

          「세례만월」,《경향신문》, 8. 8.

          「범람」,《자유신문》, 12. 24.

1949년   「상아해안」,《백민》, 2.

          「용립」,《민성》, 4.

          「항해」,《경향신문》, 5. 16.

1950년   「미래의 산상으로」,《문예》, 1.

          「어느 병든 봄에」,《경향신문》, 2. 3.

          「또다시 허구의 봄이」,《백민》, 3.

          「공군의 노래」,《별》, 3.

          「독」,《신천지》, 3.

          「화하」,《문학》, 6.

1951년   「동양의 산」,《시문학》, 6.

1952년   「여백에」,《문예》, 9.

1953년   「행진」,《동아일보》, 3. 1.

1954년   「잠 이루지 못하는 밤이면」,《현대예술》, 3.

1960년 「진에의 불꽃을」,《새벽》, 4.

　　　　「깨끗한 손을 가진 분이 계시거든」,《경향신문》, 4. 27.

　　　　「사월의 기는」,《새벽》, 8.

　　　　「강하降下」, 김용호 편, 『낙엽과 눈은 쌓이고─한국의 자연시집』, 1960.

　　　　「황해」, 미상.

　　　　「환희」, 미상.

　　　　「시인은」, 미상.

■ 산문

1939년 「한翰 1」,《문장》, 9.

1940년 「이십세기의 야만」,《문장》, 9.

　　　　「한翰 2」,《문장》, 12.

1947년 「만우절 후문」,《경향신문》, 4. 13.

1949년 「성하유한盛夏遺閑」,《경향신문》, 8. 4.

1953년 「낭독시와 낭독기술」,《방송》, 1.

　　　　「해병은 동해에서 이렇게 싸우고 있다」,《신천지》, 6.

　　　　「영어」,《전선문학》, 6.

　　　　「직업」,《신천지》, 12.

1954년 「문예창작과 단체운동」,《평화신문》, 2. 28.

1959년 「우표야화 1」,《동아일보》, 2. 27.

　　　　「우표야화 2」,《동아일보》, 3. 4.

1960년 「불혹의 얼굴」,《동아일보》, 2. 6.

　　　　「선거 · 인권 · 저항」,《새벽》, 5.

■ 평론

1947년 「지향시비」,《경향신문》, 2. 20.

1949년 「『퀴리 부인전』 신간평」,《경향신문》, 2. 23.

　　　　「로렌스의 연구」,《국도신문》, 9. 13.~14.

1953년 「세계 농민문학 명저해설」,《조선금융조합연합회보》, 7.

1954년 「리얼리즘의 의의와 그 역사」,《협동》, 2.

「상실된 세대와 현재」,《문학예술》, 4.

「사실주의의 중요작가군」,《협동》, 7.

1955년　「투고投稿와 선자選者」,《현대문학》, 8.

「로렌스의 생애」, 번역서『사랑스러운 여인』해설. 청수사.

1957년　「낡은 의상을 벗은 해」,《경향신문》, 12. 14.

1958년　「정신생활현실의 옳은 반영」,《동아일보》, 1. 17.

「국제시학회의에 관하여」,《조선일보》, 1. 20.

「상반기 시단의 인상」,《사조》, 7.

■ 번역

1956년　「제자」,《가톨릭청년》, 9~10.

1957년　「홍아리인洪牙利人의 자유는 이렇게 짓밟혀왔다」,《가톨릭청년》, 2.

「종리種梨」,《가톨릭청년》, 7.

1958년　「교외의 시정신」,《사조》, 6.

■ 저 · 편 · 역서

1952년　『한국시집』(편서), 대양출판사.

1953년　『청룡』, 해병사령부 정훈감실.

1954년　『젊은 날의 고백』(역서), 인문각.

1955년　『사랑스러운 여인』(역서), 청수사.

1957년　『중학생의 작문』(방기환 공저).

1958년　『문장강의』(박영준 공저), 서린문화사.

|연구 목록|

강영미, 「이한직의 시의식 연구」, 한국학중앙연구원, 2008.

권성희, 「이한직 시 연구」, 동국대학교 교육대학원, 2005.

김경수, 「격변기 정체성 탐구의 시적 여정: 이한직론」, 《시학과 언어학》, 시학과언어
    학회. 제5호(2003. 6).

김동리, 「신세대의 정신—문학 신생면의 성격, 사명, 기타」, 《문장》, 1940. 5.

김우창, 「서정적 모더니즘의 경과」, 『지상의 척도』, 민음사, 1981.

김춘수, 「황해, 또는 마드리드의 창부」, 《한국문학》, 1977. 5.

박종석, 「이한직론—생의 방향 잡기, 그리고 향수」, 동남어문학회, 1998.

이승복, 현대시의 현실인식 양상에 관한 연구, 어문논집 고려대학교 안암어문학회,
    1998.

이형기, 「이한직연구」, 부산산업대논문집, 1986.

_____, 「이한직론—어느 귀족주의자의 자각적 파멸」, 《월간문학》, 1986. 8.

조동일, 『한국문학통사 5』, 지식산업사, 1988.

최광렬, 「이한직의 시와 인간」, 《시문학》, 1977. 5.

한국문학의재발견-작고문인선집

이한직 선집

지은이 | 이한직
엮은이 | 김경수
기 획 | 한국문화예술위원회
펴낸이 | 양숙진

초판 1쇄 펴낸 날 | 2012년 1월 15일

펴낸곳 | ㈜현대문학
등록번호 | 제1-452호
주소 | 137-905 서울시 서초구 잠원동 41-10
전화 | 02-2017-0280
팩스 | 02-516-5433
홈페이지 www.hdmh.co.kr

ISBN 978-89-7275-587-6 04810
ISBN 978-89-7275-513-5 (세트)